〔日〕宫泽贤治——著

不要输给风雨

顾锦芬——译

天津出版传媒集团
天津人民出版社

谨以本诗集纪念宫泽贤治先生诞辰一二〇周年

::

本诗集摘译自《新校本宫泽贤治全集》
（筑摩书房，一九九五— 一九九六，以下简称全集）
第二卷至第七卷。

本诗集诗的排序与分类以及诗名标记等皆依照全集。

全集第二卷（《春天与阿修罗》）收录初版本以及宫泽家本两种版本，
本诗集基本上采用宫泽家本。

《春天与阿修罗》第二集以后，部分诗名另外附加“ ”的标记，
表示该诗无题或诗名不明，以该诗第一行诗句作为诗名。

目 录

CONTENTS

〔译序〕来自伊哈托布的礼物

伊哈托布是一个地名，是仅存在于作者心象中的梦土——日本岩手县。

童话作家诗人宫泽贤治在童话集《要求多多的料理店》的广告宣传单上如此定义伊哈托布，而“伊哈托布”这个名词也散见于他的诗作，岩手县位于日本东北地方，拥有辽阔而美丽的大自然，是他一生热爱的家乡。他喜欢像这样自创名词，好让实际的地名或事物不再只是固定时空下的具象，好让它拥有世界共通性。他学习世界语（Esperanto），也是为了能和全世界的人交流。他一生没有离开过日本，但视野格局却跨越了肉眼可见的时空。

童话和诗这两种文体恰好可以让贤治充分抒发奔放不羁的所思所想。他在短短三十七年中创作了数百首诗歌以及约一百四十篇包含童话的散文，离世后成为家喻户晓的国民作家、世界文学作家。除了大量的文学创作，他还曾担任农校教师，也会拉提琴、作曲、画图、设计花坛。他的核心理念正如《农民艺术概论纲要》中所写：“在世界所有人尚未幸福之前，个人的幸福是不可能的。”他的具体实践是开创无偿教导农民农业科学知识的协会，与农民同在，指导农民设计肥料直到往生的前一天，将理念踏踏实实付诸行动。贤治不但是天才，还是悲天悯人的天才。

他的作品长年居于日本文学研究主题的排行榜前几名。文学、音乐、绘本、美术、戏剧、动画、电影等领域的诸多创作者声称贤治文学是他们创作的素材、养分或重要灵感来源。数十年来，人们感动于他的真、他的善，享受并探究他作品的美，从他的为人与作品得到心灵的净化，得到力量与启发。尤其在总有令人心情沉重的新闻的当今，他的创作实在是人类珍贵的礼物，翻译并传播他的作品是极有意义的事。

贤治文学博大精深，绝非三言两语可以论断，但其诗与童话的性质大致可做如下比较。

两者虽然都是一种心象的素描，流淌其间的思想也是共通的，但贤治寄托在两种文体上的面貌却不同，若童话是以彩笔画出的瑰丽奇幻图，诗就是以铅笔画出浓淡层次皆细腻的直观素描。

贤治的童话是叙事，就如读者所知，那是无法以主要描写人间的小说文体所能含纳，也是无法以肉眼视角来框限的浩瀚无边的世界；那是他天生才华的涌溢，也是他转化自《法华经》的法喜与领悟。其中若有“我”，也是间接的“我”，是隐然可见的叙事者。

但是，贤治的诗是抒情，抒发人性与真情，是他内心种种感受与思索的记录。他不但在数首诗里思索并定义所谓的“我”，更以“我”为出发点，时而赤裸裸直白地赞叹甚至控诉，时而象征式地透露人性中的不安、焦躁、纠结、烦恼、欲望等等。内容有即景生情、即物起兴的写景抒情，留住了岩手县大自然最美的容颜，让风景成了一幅幅永不褪色、不腐朽的图画；也包括凡夫俗子真真切切的苦恼，还有对学生、对农民的鼓励与悲悯。许多诗还注记确切的年份日期，在生命最后几年，他以口语自由诗为素材重写的文语定型诗还可视为一生的鸟瞰。我总认为，这些诗若当初是以散文体书写，其与私密日记之差别岂不仅限于是否经过再修饰以及适不适合发表了。

因此，诗是了解贤治极重要且不可或缺的文类。

贤治在私人手札所写下的纯粹自我期许、无意发表的短诗《不输给雨》，早已是尽人皆知的国民诗，在三一一大地震之后更成为支持东北地方复兴的精神力量象征，甚至在灾后一个月美国华盛顿国家大教堂所举办的超越宗派的祈祷追悼仪式中，牧师塞缪尔 · T . 劳埃德三世（Samuel T. Lloyd III）也以英文朗读了《不输给雨》。但是事实上，比起《不输给雨》，贤治生前自编出版的诗集《春天与阿修罗》或其他已创作的诗可能才真正是他迫切想与世人分享的。

贤治纯诗集的英译本（*Spring & Asura: Poems of Kenji Miyazawa,* translated by Hiroaki Sato, Chicago Review Press）早在一九七三年即已出版，其他各国也陆续翻译出版了纯诗集或纳入童话的合集，然而管窥中文翻译，即使童话已有多种出版品，纯诗集却仍尚未得见。

二〇一五年八月的“贤治文学之旅”的某个炎热午后，我走进洒满阳光的“宫泽贤治伊哈托布馆”（宫泽贤治イーハトーブ馆）的图书室查阅资料，在和馆员闲聊之中提到正在翻译诗集。馆员眼神倏忽一亮，问我：“哇，为什么以前都没有中译诗集出版呢？”

其实这也正是我的疑问，而且我等待这本诗集等了好多年，只是万万没有想到是自己来做这件事。与其说是疑问，不如说是期待，之所以多年来我就只是坐着等待别人翻译，是因为充分了解翻译贤治诗的困难。

童话再如何天马行空，毕竟遣词用字不致过于艰涩冷僻，同时也存在着故事本身的逻辑，但是贤治诗中有科学用语，且有些诗作抽象，还有难以理解也难以用外语呈现的方言（例如《高原》一诗都是方言，还有一些方言夹杂于其他诗中）需要克服，因此有时连专门研究贤治的学者之间对同一首诗的阐释也不尽相同。即使有不少诗颇为浅白平易近人，像是《不输给雨》或像是《春天与阿修罗》第二集以后的大部分诗作，但也有些诗其灵感宛如天启，语言宛若神助，需要确认背景资料或追溯同一首诗的更原始版本加以比对，如此多方探究揣测才能窥出含意，对我们外国人而言，它们就像是放在锁了两道密码的藏宝箱里的珍宝，不能轻易得手，一道是语言的隔阂，一道是内容的解读，因此识者或曰不可译、不必译。

我非常清楚，若要做这件事，译者必得做层层努力才能解开第一道密码，因此我曾在“以我的秃笔拙文可以达成这样的任务吗”以及“不翻译出来真可惜”之间摇摆挣扎了数月。

在犹豫期间，只要想起许多中文读者不但知道贤治是一位诗人也熟知《不输给雨》《永诀之朝》等，却尚无缘欣赏他更完整的诗作就坐立难安，加上别的语种早就有诗集译本，最后才决定尽全力做好这件事，甚至自不量力地窃窃奢望全是汉字的贤治诗可以呈现不一样的韵味与美感。

决定之后，我做了以下的努力：

为了贴近诗的意象，见贤治所见，踏贤治踏过的土地，吹贤治吹过的风，我回到日本东北地方，在母校东北大学翻译诗集的主要部分，请求佐藤伸宏教授指导，期间再度行旅盛冈与花卷，并请教当地耆老诗中方言的问题。

选诗原则是知名度高的、重要的、易懂的、对于了解贤治有助益的。译诗原则是，除了碍于中日文语法构造的不同，有些地方不得不更动诗句排列的前后顺序之外，务先求忠实通畅再求修饰优美，不以意译，尽量直译，文语定型诗则尽量让中文的字数也整齐，如此不但读者可以读到贤治诗原本的样貌，而且方便日文学习者，甚至学习中文者对照阅读。为不干扰读者的解读空间，注释仅提供字词本身的基本客观解说，不多做阐释。完成之后再参照两位英译前辈（Hiroaki Sato & Roger Pulvers）的英译本。

编写《解说》《宫泽贤治关键语汇小辞典》《年谱》，希望让读者更快进入贤治文学的世界。《解说》是概要说明贤治及其诗作背景，还有分享个人读诗心得和翻译的幕后花絮，《宫泽贤治关键语汇小辞典》则是挑选出了解其人其作最重要的关键语汇加以说明，另外再从数本宫泽贤治传记中撷取能够了解贤治及其文学创作背景的关键故事置入这三项之中，希望拼凑出活生生的、可亲可近的人的立体样貌，而不是存在纸上的遥不可及的圣人伟人形象。

尽管如此，与其说是我在努力，不如说是这本诗集自己期望被出版。

整个过程总感觉到一种无以名状的意志，是它让我在翻译过程中不断遇到贵人，得到许多新知旧识的鼓励与帮助。不是我，而是这个意志，让翻译与出版过程顺利，若勉强要指出这意志为何，可能是宫泽贤治先生，或者是这些诗本身，这意志像一块磁铁，吸引许多人来助我一臂之力。

首先是日本东北大学国文学研究室的恩师佐藤伸宏教授，他从我尚在犹豫的时期开始就鼓励我，后来更赐予诸多实质协助，以一位长年钻研日本近代诗和翻译理论的研究大家之尊，花费许多宝贵时间俯身指点我，如果没有他，这本诗集不但难产也将减色一半。

还有东北大学国文学研究室的前辈们，包括东北大学学术资源研究公开中心的大原理惠助教、一关工业高等专门学校的渡边仁史教授、东北多文化学院虫明美喜主任、日本宫泽贤治重要研究者岐阜圣德学园大学的大泽正善教授、东北大学国际文化研究科的佐野正人副教授；台湾方面则有淡江大学日文系的前辈同事黑岛千代老师（我在翻译工作的最初向她请教，也在完稿前向她做最后的细部确认）。他们都各自竭尽所能陪我推敲琢磨诗的原意，在资料提供、语汇阐明、内容理解、参访花卷等等各方面给予我不可或缺的协助。感谢东北大学国文学研究室朋友们的友善亲切，让我在翻译的恶战苦斗之中还能度过一个安适的暑假。

甚至连在学时期的接待家庭也以实际行动支持鼓励我的翻译工作。仙台的高桥诚医生一家不但于在学时期照顾我，夫人仙台医健专门学校高桥英子副校长还拨冗带我参访友人创设的“贤治与William Morris 之馆”，在创设者东北大学大内秀明名誉教授的解说下，我得以亲眼看见台湾所没有的，诗中的某些植物。

我想，以上的师长、前辈、友人们如此帮助我，都是基于关爱与友谊，同时也是基于自己的国家拥有如此卓越作家的荣耀感。

我是一只衔着贤治的思想信息从日本东北飞回台湾的信鸽，贵人们在我的长途飞行中接力似的赐我续航气力，这本书绝非一人之力可竟，我要在这里表达由衷的感谢！

同时，恰逢贤治诞辰一百二十周年得以在中国大陆发行简体字版，感谢搭起这本诗集与简体字版读者之间桥梁的果麦文化。由于简体中文和繁体中文的表述方式有些微出入，所以数首诗做了局部的修改，只盼简体字版读者能顺畅无碍阅读贤治的诗。

最后，细思量勤修改，百般的不放心还是得让译作出场，因为贤治说“永久的未完成 这就是完成”。我试着解开第一道密码，相信读者在品赏之中自能解开那第二道密码，于各自的心象中展开瑰丽而惊奇的无限可能。愿读者也能与我一样悠游于其中的广阔无边，随着贤治独特而睿智的视角重新思索这个世界，感受其中的清新与良善。若这本书让读者领略到一丝丝美好与感动，那全都是贤治原作的魅力以及所有助我的贵人们的成就；若有任何的错误与不周，那都是我个人的问题与不足，纵有诚心挚意，亦无法遮掩诸多纰缪瑕疵于万一，期盼各方先进贤达不吝赐予指正。

顾锦芬

二〇一六年十一月于台北

1

《春天与阿修罗》

创作期间：约为一九二二—一九二三

一序

所谓　我　的这个现象
是被假设的有机交流电灯的
一抹蓝色照明
（所有透明幽灵的复合体）
随着风景以及大家一起
忙忙碌碌地明灭
就像是真的继续点着的
因果交流电灯的
一抹蓝色照明
　　（光线保持着，那电灯却消失）

这些是二十二个月[1]的
从认为是过去的方向
排列出纸与矿质墨汁

1. 二十二个月指的是写作《春天与阿修罗》的期间，从一九二二年一月起的二十二个月。

（全部与我一同明灭

大家都同时感受到的）

被保持到现在的

阴影与光亮的一个个链环

原原本本的心象素描

关于这些　人或银河或阿修罗或海胆

或许边食宇宙尘或是边在空气或盐水中呼吸

边各自思考着新鲜的本体论

但那些也终究是心中的一个景物

然而被确实记录下来的这些景色

就是被记录下来的原原本本的景色

若那是虚无　虚无本身就是这样

在某种程度　是与大家相通的

（因为就像一切就是我心中的大家那样

一切也是大家各自心中的一切）

但是这些在新生代冲积世的

巨大且光明的时间的累积之中

应该已经被正确记述下来的这些文字
却在那仅仅相当于一瞬间的明暗之中
　　（或者是阿修罗的十亿年）
已快速改变其结构与性质
甚至我以及印刷者
都觉得那些文字不会有所改变
这倾向是有可能的
大概就像我们感受我们的感官
或风景或人物那样
就只是像我们所共通地感受那样
纪录或历史，或者是所谓地球史
还有那各式各样的资料
（在因果的时空制约下）
都只不过是　我们所感受到的罢了
或许两千年之后
符合两千年后的不同的地质学将被使用
与其相应的证据也渐次从过去出现
大家会认为约在两千年之前

蓝蓝的天空中充满了无色的孔雀
新进的大学士们在大气圈的最上层
从亮晶晶的冰氮附近
挖掘美丽的化石
或者会在白垩纪砂岩的表面
发现透明的　人类巨大足迹

所有这些命题
作为心象或时间本身的性质
都在第四次延长[2]之中被主张

2. 第四次延长应指第四维空间，可能受到成濑关次所著《第四次延长》（一九二四年）影响。详见《宫泽贤治关键语汇小辞典》。

一折射率

七森[1]之中靠近这边的一座
比水里还明亮
而且非常大
为何我还得踏在凹凹凸凸结冻的路上
踏着这凹凹凸凸结冻的雪
朝着前方卷曲的亚铅灰色的云
像个阴郁的邮差
　　（阿拉丁，又拿起神灯）
不停地赶路

1. 七森位于岩手山南麓，是七个独立的小山丘，二〇〇五年基于日本的文化财产保护法被指定为“伊哈托布的风景地”。

一鞍挂山[1]之雪

所能信靠的

只是遍布鞍挂山的雪而已

因为原野和森林

都不牢靠且晦暗

一点也不能期望

虽然真的是那种像酵母似的

朦朦胧胧的大风雪

但我所能寄予些微希望的

就只是鞍挂山的雪而已

1. 鞍挂山位于岩手县岩手山的南边，高八百九十七米。

一太阳与太市[1]

太阳今天是小小的天之银盘
云连续不断地侵越飞过
它的表面
由于大风雪也开始发光了
太市就穿上了毛料的红长裤

1. 太市是人名。一说是贤治小学中年级时，老师念给他们听的法国作家贺克多·马洛（Hector Malot）所著《苦儿流浪记》日文译本中主角的名字，贤治毕业后曾对老师提及对该小说与男主角印象仍旧非常深刻。一说是农民的名字。

一山丘的眩惑

一片一片美丽地闪耀着
雪　从天空沉落下来
电线杆影子的靛蓝
耀眼的山丘的反射
　　那旅人的雨衣衣角
　　被不知哪儿来的风　猛烈地吹翻起来
　　宛若一千八百一十年代的
　　佐野喜[1]的木版画
原野的尽头是西伯利亚的天际
土耳其玉制玲珑的接合处也闪亮
　　（太阳在天空的远方
　　不断焚烧白色的火）
篁竹的雪
燃落，燃落

1. 佐野喜指佐野屋喜兵卫，在江户时代后期出版版画、浮世绘等。

—碳化物仓库[1]

以为是街上令人怀念的灯
我急着
从雪与蛇纹岩的山峡过来
但这却是碳化物仓库的屋檐
透明冰冷的电灯
（因为完全被雨雪打湿了
所以擦根火柴点烟吧）
与汗水一起掠过的
这薄暮的深沉怀念
不只是由于寒冷而来
也不只是由于寂寞而来

1. 碳化物仓库是附属于“岩根桥发电所”的碳化物工厂的仓库。

—钴[1]山地

在钴山地的冰雾里

奇异的晨之火正在燃烧

约略是毛无森[2]砍伐迹地那一带

确实是精神上的白火

比水更强烈且连续不断地燃烧着

1. 钴（cobalt）是化学元素，银白色金属。钴山地意为钴色的山地，据称是北上山地。

2. 毛无森是岩手县的山，位于北上山地早池峰山的西方。

—盗贼

蓝白色骸骨星座的拂晓时分

穿越冻僵的泥土之不规则反射

偷走　被放在店头

那一只青瓷瓶的人

忽然停住那又长又黑的脚

以两手覆两耳

聆听电线的音乐盒

—恋爱与病热

今天我的额头也黯然

甚至连乌鸦都无法正视

　　妹妹此时

　　在冰冷而晦暗的青铜色病房里

　　被透明蔷薇之火燃烧

真的，但是妹妹呵

今天我的心情太过沉重而恶劣

所以柳花也就不摘过去了

一春天与阿修罗[1]

（mental sketch modified）

从心象的灰色钢铁投射出
五叶木通[2]的藤蔓缠绕着云
野玫瑰丛　腐殖的湿地
一整面一整面的谄曲模样
　　（比正午的管乐还频繁地
　　降下琥珀碎片之时）
愤怒的苦与蓝
来回于四月大气层的光之底
吐唾沫　咬牙切齿
我是一个阿修罗
　　（风景在泪水中晃动）
碎碎的云遮蔽了我的视野
在玲珑的天之海
圣玻璃之风来回吹着

1.《春天与阿修罗》的诗名与生前出版唯一诗集名称“春天与阿修罗”相同，而“阿修罗”为理解贤治作品的关键词汇，详见《宫泽贤治关键语汇小辞典》。

2. 五叶木通是蔓性落叶矮树，有多种颜色。

ZYPRESSEN[3]　春天的一列
黑黑暗暗地吸收以太[4]
从那阴暗的树干
虽然连天山[5]的雪之棱都闪闪发亮
　　（蜃景雾气之波与白色偏振光）
但是真如[6]的语言却消失了
云片片散开来 在天空飘飞
啊 咬牙切齿且燃烧着的
在闪耀的四月之底层来来回回的
我是一个阿修罗
　　（玉髓[7]之云流荡
　　那春之鸟在何处鸣叫）
太阳若泛蓝变暗下来
阿修罗就在树林交响
从凹陷而阴暗的天之碗
黑色的树群展延
那树枝悲伤地茂盛成长

3. ZYPRESSEN 是德文，复数形，西洋柏木之意。

4. 以太是物理学名词，是被假想的光的传播媒质。

5. 天山原本指中国的天山山脉，此处也可能指天界之山。

6. 真如原为佛教用语，大约指诸法的真实本质。

7. 玉髓是矿物名，有白色、灰色、灰蓝色、棕色、红色等各种颜色。

所有双重的风景

从失魂丧魄的森林树梢

闪现然后飞离的乌鸦

　　（就在大气层越来越澄澈

　　而桧木也寂静地耸立在天空之时）

穿过草地的金黄而来的

无疑是个人的模样

披着蓑衣看着我的那个农夫

真的看得见我吗

在炫目的大气圈海底

　　（哀愁既蓝且深）

ZYPRESSEN 静静晃动

鸟再度划破蓝空

　　（这里没有真如的语言

　　阿修罗的泪水滴落地面）

如果重新对着天空大口吐气

肺就微白收缩

　　（这个身体化散为天空的微尘）

银杏的树梢再度闪亮

ZYPRESSEN 越来越黑

云的火花倾泻而下

一春日诅咒

究竟那家伙是什么模样
知道是怎么回事吗
头发又黑又长
紧闭着唇
就只是那样
春天陶醉于草穗
所期待的事可是会全部消失哟
　　（这一带原本就是深蓝且暗黑
　　极为空荡的）
脸颊微红　眼眸茶色
就只是那样
　　（这苦涩这蓝这冰冷
　　这苦涩这蓝这冰冷）

一谷

光的沉积处

三角田的后方

枯草层上

我所见到的是

满脸红斑点

操着玻璃样的钢青的语言

频频互相倾靠

似乎在商讨着什么的

三个妖女

—幻听

（这会改变吗）

（会改变）

（这会改变吗）

（会改变）

（那这如何呢）

（不会改变）

（那么　喂

把云的尖刺拿来这儿　快）

（不　会改变　会改变）

一云的信号

啊真好，心情真舒爽
风吹拂着
农具亮晃晃的
山！ 朦朦胧胧
不管是火山岩颈或岩钟
都正做着时间不存在时的梦
　　那时　云的信号
　　已被高举在
　　蓝白色的禁欲的春天天空
山迷迷蒙蒙
今夜　四株杉[1]上
雁也一定会栖降而来

1. 原本位于现今市立花卷中学校北侧，是树龄超过三百年的古木，一九七七年由于雷击而倒毁。

一风景

云是不可靠的羧酸

樱花开了　在阳光下闪耀

若风再来　吹过草地

被砍伐的辽东楤木也颤动

　　……刚才在沙土洒遍厩肥

　　现在是钴蓝玻璃的模型……

当性情不定的云雀的达姆弹

骤然飞上天空

　　风就吹过蓝色的恍惚

　　黄金之草　飘摇飘摇

一朝鲜白头翁[1]

风吹过天空

它的余韵吹过草

（每株胡桃木上

现在都悬垂着黄金宝宝）

啊　黑帽子的悲哀

若放上朝鲜白头翁的花儿

几片光酸之云飘浮着

1. 多年生的草本植物，春天开深紫红色的小花。

—河边

河边没有鸟

　　（我们所背负的燕麦种子）

在风中干咳

朝鲜白头翁接着颤抖

光里的两个孩子

—真空溶媒

（Eine Phantasie im Morgen）[1]

融化了的铜还没晕眩
白色日晕也尚未燃起
只有蓝铜色的地平线
忽亮忽暗
半溶化半沉淀
从很早以前就摇晃着
我穿越新鲜有朝气的
成列的银杏树
在那条水平的树枝上
凛然美丽的玻璃年轻人
已经大致变成三角形
通透天空垂挂着
但这当然
也不是那么不可思议的事

1. 德文，“早晨的幻想”之意。

我依然只是吹着口哨

大步向前走

银杏的叶子都嫩绿

因春寒料峭而颤抖着

现在　那里是酒精瓶里的风景

闪耀的白云碎成片片

露出那永久的海蓝

还有新鲜的天空海参的气味

但是　我挥舞手杖过度

就这么突然　树木消失了

耀眼的草坪辽阔无比

当然　若是银杏树

已在后方两英里之远

正在原野的蓝绿色纵横条纹里

进行晨间练兵

悠然涌现的晨之喜悦

冰云雀也正鸣唱着

那澄澈通透的美好声波

甚至带给整个天空
相当大的影响
也就是说　云渐渐融于蓝蓝虚空
终至现在
变为被搓得圆滚滚的石蜡制的丸子
轻轻地静静地飘浮着
地平线频繁晃动
红鼻子的灰色绅士
正带着像马那么大的纯白的狗
在对面走路 赫然可见
　　（啊　你好）
　　（呀　真是好天气）
　　（您往哪儿散步呢
　　原来如此　嗯嗯　对了　听说昨天
　　颂年鞳卢[2]去世了
　　您有听说吗）
　　（不　完全没听说
　　咦，叫作颂年鞳卢哟）

2. 颂年鞳卢是虚构的人名。

（听说是吃苹果中毒）

（苹果，啊，原来如此

就是在那边我们看得到的苹果吧）

从远方充满了泛紫深蓝色的地面上

那金色的苹果树

正蓬勃地长高

（因为他没有削皮就直接吃金苹果）

（他真可怜

如果早点给他喝下王水就好了吧）

（王水，打开他的嘴喂吗

嗯嗯，原来如此）

（不　王水不行

还是不行

终究是死路一条吧

是他的命运啊

是大自然的法则啊

他和您是亲戚关系吗）

（是啊　是很远很远的亲戚）

到底在开什么玩笑

看，那条像马那么大的白狗

遁逃到很远很远的对面去

现在看起来就像南京鼠[3]那么小

（啊　我的狗逃走了）

（追也没用吧）

（不，那条狗可是很贵的

必须把它捉住

再见）

苹果树增加了好多

还长高了

我只不过是石炭纪[4]的鳞木[5]下的

一只蚂蚁

狗和绅士都很会跑

东方的天空在苹果树林的树干

缀满了琥珀

从那儿飘来微微的苦扁桃气味

3. 南京鼠是实验或宠物用的小白鼠。

4. 石炭纪是地质时代的一个区分。

5. 鳞木是石炭纪代表性的树木之一。

接着完全变成狂乱的午昼
天顶如此遥远
连愉快的云雀也早就被吸进
这可怕的天空边缘
事态变严重了
不但画家们骇人的幽灵
迅速飘过那儿
云也全部升起锂的红色火焰
然后是粗暴激烈的光的来回
草全部被变成褐藻类
这里正是凄凉的云之焦土
风的锯齿线形和黄色旋涡
天空急促地翻转变化
多么令人难以忍受的寂寥啊
（怎么了，牧师先生）
身高太高了哟
（您生病了吗
气色好像很差）

（没有啦，谢谢

真的没什么事

您是谁呢）

（我是警卫人员）

极度四角形状的背包

里面装着苦味丁几和硼酸等等

各式各样的东西

（是吗

今天工作也很辛苦吧）

（谢谢

刚才途中有人倒下去）

（是怎样的人呢）

（是一位气派的绅士）

（鼻子红红的人，对吧）

（是啊）

（有没有抓着一条狗）

（他临终时有说

说狗已经跑到十五英里以外了吧

真是一条好狗）

（那么　那个人死了吗）

（不　只要降下露水他就会痊愈

只是在黄色的时间短暂的昏迷而已吧

呜　好强的风　真伤脑筋）

真的是很强的风

差点倒下去

就像在沙漠中腐坏掉的鸵鸟蛋那样

不但有硫化氢

也有无水亚硫酸

也就是说从天而来的瓦斯气流有这两种

互相冲击后形成气旋就产生硫黄粉末

气流有两种融合产生硫黄粉末

气流有两种融合产生硫黄粉末

（振作点振作啊

喂　振作起来

终究还是没办法啊

真的是没辙啦

　　既然那样我就拿个表走吧）

把手伸进我的暗袋

什么警卫人员呀

不需要警卫人员怒骂他吧

怒骂他吧

怒骂他吧

怒骂……

水滴落着

感恩感恩神是雨

有害的气体全都溶化吧

　　（振作起来振作啊

　　已经没事了）

什么没事我跳起来

　　（闭嘴你这个浑蛋

　　黄色时间的强盗

　　飘飘然的泰纳第军曹[6]

6. 泰纳第军曹是法国作家雨果小说《悲惨世界》里的人物，恶棍（Thenardier）。军曹是陆军下士官的阶级之一，泰纳第自称军曹却是谎言，他勾结犯罪集团，到处骗钱。在宫泽贤治创作之前，《悲惨世界》由黑岩泪香翻译，一九〇二至一九〇三年在报纸连载，在日本已是有名的小说。

你这浑蛋

不要把别人当大傻瓜

什么警卫人员呀 浑蛋）

真爽快他非常颓丧泄气

身体收缩变得愈来愈小

整个人干瘪掉

只剩下黑色四角背包

变成一堆泥炭

活该真是丑陋的泥炭啊

背包里面有什么呢

警卫人员　真是悲哀

堪察加[7]的螃蟹罐头

和一袋陆稻的种子

以及一只湿湿的大鞋子

加上红鼻绅士的金锁

不管了　空气真好

真的就像是液体般的空气

7. 堪察加半岛。

（感恩神明保佑

要赞颂神的力量

啊　空气真好）

天空的澄明　所有废物都被洗净

草都恢复了叶绿素

含有葡萄糖的月光液[8]

甚至鼓动起喜悦的脉搏

泥炭嘀咕着

（喂　牧师先生

看那开始飞驰的云

简直像是天上赛马的纯种马）

（是啊　好美

是云　是赛马

是天上的纯种赛马　是云）

展现出变幻无穷的色彩

……太迟了　没有赞叹的空暇

虹彩淡淡的　变化也缓慢

现在变成一群轻飘飘的水蒸气

8. 月光液应指树液。

转瞬间消失到
零下两千度的真空溶媒里
哎呀　不能再欣赏了　我的手杖
究竟跑到哪儿了呢
外套也不知何时不见了
背心就在刚才消失
可怕又残酷的真空溶媒
这下子开始对我采取行动
我感觉自己像在熊的胃里面
但即使如此 反正就是因为质量不变的定律
所以没有什么特别的改变
但话虽这么说 从所谓的我
这个头脑清楚的牧师的意识
东西迅速地消失 还是满凄惨的
　　（哎呀　真是巧遇啊）
　　（哦　红鼻绅士
　　终于捉到狗了）
　　（谢谢　可是

你到底怎么了呢）

（外套不见了　所以很冷）

（原来如此奇怪了

你的外套不是那件吗）

（哪件）

（你现在穿着的那件）

（原来如此　哈哈

是真空的小魔术）

（是啊　当然是

但是真的很奇怪

那是我的金锁耶）

（是的反正都是那个泥炭的警卫人员变的把戏）

（哈哈是泥炭的小魔术）

（当然是

狗狂打喷嚏没问题吗）

（没关系　它都是这样）

（好大的狗呀）

（这是北极犬）

（可以把它当作马来骑吗）

（当然可以 如何

要不要骑骑看）

（真是谢谢

那就借来骑咯）

（请 请）

我确确实实地跨上那北极犬的背

它就像犬神似的慢慢往东边走

耀眼的绿意盎然的草

我们的影子是蓝色的沙漠旅人

然后　那儿是刚才的银杏树道

在如此纤细的水平的树枝上

玻璃的凛丽年轻人

已完全变成三角形垂挂着

—蠕虫舞者

（是的，是水溶胶哟

是糊浊的寒天汁液哟）

太阳是黄金的蔷薇

红色的小蠕虫

身上披挂水与光

独自舞着

（是啊，8 γ e 6 α

更有那阿拉伯风花纹的图饰文字）

羽虫的尸体

紫杉的枯叶

珍珠的泡泡

断落的苔的花轴等等

　　（红色的小公主

　　现在在水底的花岗岩上

　　难得和黄色的影子

　　两个人一起跳着舞

　　不　但是　马上吧

　　没多久就会浮上来吧）

红色的蠕虫舞者

有两个尖耳朵

磷光珊瑚的环节上

恰当地装饰着珍珠纽扣

正轻快地一直转圈圈

　　（是啊，8 γ e 6 α

　　更有那阿拉伯风花纹的图饰文字）

背脊闪闪发亮

虽然用尽全力转着圈圈

但事实上珍珠也是赝品

可不是玻璃　而是气泡

（不　即使是那样
eight gamma e six alpha
更有那阿拉伯风花纹的图饰文字）
背脊闪闪发亮
虽说是尽全力跳着舞
事实上若是因为苦于身上的泡泡才蹦跳旋转的话
你也是一点儿都不轻松
不但太阳躲进云里
我坐在石头上腿也麻了
水底的黑色木片就像毛毛虫或海参
而且首先你的身形是看不见的
究竟是真的溶化掉了
还是从一开始
就全是朦胧蓝色的梦呢
（不　在那儿　在那儿
公主在那儿
8 γ e 6 α
更有那阿拉伯风花纹的图饰文字）

嗯　水是朦胧的

光困惑着

虫是 eight gamma e six alpha

还有阿拉伯风花纹的图饰文字吗

啊　心烦意乱焦躁不安

　　（是的 一点儿也没错

　　eight gamma e six alpha

　　更有那阿拉伯风花纹的图饰文字）

一小岩井农场[1]

Part 1

我很迅速地下了火车

于是云就亮晃晃地闪了一瞬

但也有比我动作更快的人

是一位很像教化学的古川先生[2]的人

那橄榄色的西装等等

完全就是个老实的农学士

刚才在盛冈[3]车站

我就真的那样觉得了

这个人从砂糖水里的

冰凉明亮的候车室

1. 小岩井农场位于东北地方岩手县，是日本最大的民间农场。此诗原本编排为九个部分，但是第五和第六部分只现存原稿，并没有被收入《春天与阿修罗》出版本中，而第八部分更是连原稿都无。由于本诗很长（占全集二十六页之多），本诗集只节译第一、第二和第九部分。
2. 古川仲右卫门是贤治在盛冈高等农林学校就学时的恩师，任教土壤、肥料、化学等科目。贤治作品中屡有提起。
3. 岩手县县政府所在地。

跨出一脚的时候……我也跨了出去

一辆马车停着

马车夫说了些话

是黑色高级马车

磨砂无光泽的

马也是上等的哈克尼马[4]

那人微微点头

就像是把　自己　这个小行李

装载进去马车那样

轻松地上了马车坐好

　　（些许光线的交错）

那晒到太阳的蓝色背部

稍微弯曲且安静无声

我与马并排走着

这或许是载客用的马车

似乎不是农场的马车

若是那样　早些问我

要不要搭就好了

4. 哈克尼马（Hackney），是马车用马中最高级的品种。

马车夫只要从旁招呼我就好了

虽然不搭乘也无所谓

但是接下来不但有五里路得走

而且我也想在鞍挂山下附近

游哉享受一段时光

因为那儿空气清新

树和草都是幻灯片

不但朝鲜白头翁正盛开

也满是铃兰

为了在那儿悠然停驻

就算是到本部[5]也是搭乘马车为佳

我今天

确实并非不能搭乘马车

但是如何呢

这马车已经开始起动

轻轻驶过一旁

道路是黑黝黝的腐殖土

不但刚下过雨也有弹力

5. 小岩井农场的本部。

马竖起耳朵
那尖端朝向彼端的蓝光
一派轻松地奔驰而去

现在我就像　以脚步测量距离的时候一样地
将　新开发地区[6]风格的建筑物
全都往后消退
这儿就是田地
两匹马汗湿了
拉着犁　迟钝地来来回回
那是黄绿色的柔和的山的这一侧
山正吹着不可思议的风
嫩叶随风摇摆千姿百态
在很远的暗处
那透明的群青色的莺群
也咕噜咕噜咕噜咕噜叫着
　　（德国读本的汉斯说
　　真正的莺并不是莺哟）

6. 之所以说“新开发地区”，是因为小岩井车站于一九二一年开始营运，而此诗据推测作于一九二二年。

马车迅速远离

不只摇动得厉害还弹跳起来

绅士也被轻轻弹了起来

那人涉世已久

现在正若无其事端坐在

蓝黑色深渊般的地方的那个人

然后迅速地远离

田里确实有两匹马

也有两个红通通的人

他们被云所滤过的阳光

晒得越来越红

Part 2

拙劣的单面小鼓声在远方的天空奏鸣着

幸好今天也不会下雨

马车的速度快是快

但并不是那么快

因为它到现在才总算到达那里

只行进了　从这里到那里的笔直的
火山灰的路
那里恰好是转弯处
香木的草穗也摇动着
　　（山充满了蓝色的云　发着光
　　向前奔驰的马车又黑又气派）
云雀　云雀
是刚才飞上了
散飘着银之微尘的天空的云雀
它时而是黑色　时而迅速　时而闪耀着金色
在天空做布朗运动
而且它的翅膀
像甲虫一样有四片
有琥珀色的以及硬硬的像是涂漆的
各有双层
唱得真好听
正吞下天空的亮光
当然在很远处的

那只云雀唱得更多
但那只云雀是背景
因此从对面远处看过来
这只看起来应该是极为勇敢吧
五月的现在
穿着又黑又长的外套
像是医生的人从后方过来
似乎屡屡看着我这边
这是独自一人走在单线道时
极为常有的事
冬天时也是像这样
穿着黑色披风大衣的人走过来
远远丢来语言的浮标
问道　往本部这样走对吗
像是勉强咀嚼着
高低不平的雪道似的　一边走着
一边惶恐不安地问
往本部这样走对吗

因为我只冷淡生硬地回 嗯

所以就觉得他颇可怜

而今天这个人从更远处来

Part 9

透明的　摇晃着的是刚才那剽悍的四株樱花

虽然我知道

但眼睛并不是清楚看得见那景象

在我的感官之外

确实不停地下着冰凉的雨

　　（当我在天的微光中

　　不安定地踏上浮石

　　呵 优利亚[7]雨滴就越下越多

　　仙后座将巡回而行）

优利亚经过我的左边

凛然睁着大大的深蓝色眼瞳的

优利亚经过我的左边

裴姆裴鲁[8]在我右边

7. 贤治幻想中的名字。

8. 贤治幻想中的名字。

……则在刚才偏到一旁去了
从落叶松的行列偏到一旁去了
　　〔当幻想从远方迫近而来之时
　　就是人类毁坏之时〕
我清晰地睁开眼睛走着路
优利亚，裴姆裴鲁，我远方的朋友呵
我隔了好久之后
又见到了你们那巨大的纯白裸足
我在白垩系页岩的古老海岸
曾经多么渴盼你们往昔的足迹啊
　　〔过度的幻想〕
我在怕什么
不管怎样都寂寞得不得了的时候
人们一定都会这样
因为今天得以和你们相见
我就可以不必从这个巨大旅行中的一段
拼命地逃跑

（云雀好像在又好像不在
腐殖质长出麦子
雨不停地下着）
是的　我觉得农场这一带
真的是不可思议
不知为何　我想把这里称为　神圣地带
即使是今年冬天有事到耕耘部来
在这一带气息芳香的大风雪之中
自然而然就有一种神圣的心情
即使冷得快要冻僵
也一直在这里走来走去
刚才也是
那戴着瓔珞的小孩　不知是哪里的小孩
〔不可以被那样的事欺骗
不同的空间有各种不一样的生物
而且首先难道没有留意到
从刚才一直有的想法简直像铜版[9]一样吗〕
云雀正在雨中鸣叫着

9. 印刷用的铜版。

你们那像贝壳般白得发亮的

平底且巨大的裸足

就连充满了红玛瑙刺针的原野也都会踏上去吧

已经决定了不要往那边去

这些全都不正确

现在这些都是从　由于疲累而变更了样式的你的信仰

发散之后　腐败了的光的沉淀

要达到真正的福祉

若把那当作是一个宗教式的情操

就会因为那愿望而受挫或是疲惫

自己与唯一的另一个灵魂

完全且永久　天涯海角都要相随

这怪异的形态称之为恋爱

而依循那方向一直下去

就算牵强也硬要蒙混强求

那绝对无法得到的恋爱的本质部分

这倾向称之为性欲

所有这些　都借由渐移之中的各式各样过程

而存在各种看得见或是看不见的生物种类
这命题即使是可逆的　也还是正确的
对我而言是很可怕的事情
但不管再怎样可怕
那若是真的　也无可奈何
来吧　清楚地睁大眼 任谁都看得见
明确地根据物理学的法则
从这些实在的现象
重新直挺挺地奋起
虽然明亮的雨下得如此猛烈
马车向前奔驰　黑色的马淋湿了
人站上了马车前行
绝不寂寞了
但不管说几遍不会寂寞
肯定还是会寂寞
但这样就可以了
把所有寂寞和悲伤都焚烧
人在透明的轨道上前行

落叶松　落叶松　更绿了

云愈来愈蜷缩而发亮

路　清楚地往东弯曲

—森林与思想

喂　喏　你看

那边有座被雾湿的

蘑菇形状的小森林吧

我的思绪

往那地方

很迅速地流去

全都

融入了哟

这一带开满了款冬蒲公英

一草坪

风与桧木的过午时分

小田中踮起脚尖

手伸展到极限

灰色的皮球，光的标本

没法接住　倏然坠落

一报告

刚才慌乱地大声喧嚷说有火灾的是彩虹

持续凛然高挂着　已有一个小时之久

一岩手山[1]

天空的散乱反射之中

老旧而黑黑的挖掘之物

拥挤的微尘　其深处的底部

不洁而白白的淤积之物

1. 岩手山乃岩手县最高峰，由西岩手火山和东岩手火山构成。

一高原

我以为大概是海吧

果然还是闪亮的山

Ho[1] 若风吹拂头发

就是鹿舞[2]

1. 原诗是日文假名，此处改以英文表其音。
2. “鹿舞”是保留在宫城县北部及岩手县南部的乡土艺能，舞者头戴鹿的面具，披着长长的黑发。在贤治的故乡花卷，“鹿舞”与“剑舞”同负盛名。

一高级的雾

这未免是
太明亮的高级的雾
白桦也发芽
燕麦
农舍屋顶
马以及所有一切
全都太亮而炫目
　　（虽然您大概很清楚
　　阳光里的蓝与金
　　落叶松
　　确实与库页冷杉相似）
过于耀眼　耀眼到
甚至连空气都有点痛

一天然嫁接

在北斋[1]的赤杨之下

黄色风车转啊转

一株杉[2]并非天然嫁接

据说只是光叶榉树和杉树一起生一起长

终至树干接合

立于猛烈的天光罢了

虽然鸟也栖息着

1. 葛饰北斋，江户时代的著名浮世绘画家。
2. 一株杉曾经位于现今的花卷市旧汤口村地区，现在已无这株杉树，但仍留存地名谓“一株杉”。

一原体剑舞连[1]

（mental sketch modified）

dah-dah-dah-dah-dah-sko-dah-dah

今夜异装的弦月下

将鸡的黑尾装饰在头巾上

闪动单刃长刀

原体村的舞者们啊

将青春洋溢波动起伏着的胸膛

投入阿尔卑斯山农夫的辛酸

把胖鼓鼓的闪亮脸颊

献给高原的风与光

披上菩提树皮与绳带

大气圈的战士　我的友朋呵

深化那一片蓝蓝的清澄大气

收集楢树与榉树的忧愁

1. 原体是指现今的岩手县奥州市江刺区原体。“剑舞”是与“鹿舞”一样广布于岩手县的乡土民俗艺能，通常冠以村名等加以保存。“连”原本是量词，“串”或“联”之意，此处是“舞者们”之意。

在蛇纹山地[2]升起篝火

晃动桧之发

在榅桲[3]气味的天空

燃起新的星云

dah - dah - sko - dah - dah

将肌肤消耗到腐植土与泥土

筋骨由于冰冷的碳酸而粗糙

每个月都焦虑于日光与风

虔敬地增长了年岁的师父们呵

今夜银河与森林的祭典

在准平原[4]的天际线

更加强力地击鼓

响彻朦胧月色之云

Ho ! Ho ! Ho !

往昔达谷的恶路王[5]

2. 蛇纹山地位于北上山地的南部，靠近原体的种山高原附近，以蛇纹岩形成，故名之。

3. 榅桲是水果名，色黄，其果实可食。

4. 准平原是经过长久的侵蚀作用后，使得山地高原逐渐夷平，变成接近海平面的平坦地形。

5. 恶路王是八世纪末时虾夷的首领，其据点在达谷窟。

梦与黑夜神[6]穿越了

漆黑的二里之洞

首级被切下且被腌渍

安朵美达[7]也在篝火摇摆

蓝色假面的虚张声势

被长刀砍了之后溺水

夜风底层的蜘蛛之舞

吐出了胃油黏黏

dah - dah - dah - dah - dah - sko - dah - dah

更强力地挥刀互斗

招来四方的夜之鬼神

连树液也颤动的这一夜

红色的直垂[8]翻到地面

祭祀雹云和风

dah - dah - dah - dah

夜风轰鸣桧树撼动

月是洒降射出的银之箭群

6. 黑夜神是佛教的天神，又称黑暗天或黑暗女，是阎魔王的后妃之一，貌丑，且会带来灾祸。

7. 安朵美达（Andromeda），仙女座象征的希腊神话人物。

8. 直垂是古代武家社会的男性服装，无纹宽袖。

打斗与死亡都是火花的生命

长刀的铿锵未消失之时

dah - dah - dah - dah - dah - sko - dah - dah

长刀是闪电芒草穗的沙沙声

散落在狮子座的火之雨

消失之后了无痕迹的银河平原

打斗与死亡都是一个生命

dah - dah - dah - dah - dah - sko - dah - dah

—旅人

行于雨中稻田的人

往绿海龟森林[1]方向赶路的人

往云与山的阴气里走的人

雨衣再穿紧些吧

1. 不是专有名词，而是形状像绿海龟的森林。

一东岩手火山

月是水银，下半夜的丧主

火山的石砾是夜的沉淀

看到火山巨大的缺口

任何人都应该会惊愕

（风与寂静）

现在漂着而来的药师外轮山[1]

也有山顶的石标

（月光是水银　月光是水银）

〔这样的事真的很稀少

你说对面黑色的山……是说那个吗？

那是这里的延续

延续这里的外轮山

那里的山顶就是山的最高处

那边的？

那边是御室火口[2]

1. 药师外轮山是东岩手火山的最高峰。

2. 御室火口是东岩手火山的火口之一。

接下来要绕行外轮山

但因为现在什么都还看不见

等天色再稍微亮一点儿之后再出动吧

是的就算太阳还没出来

只要天色变亮

能够看见西岩手火山的火口湖

或其他地方就可以了

要拜太阳的话 就在那附近拜〕

我看见

黑色山巅的右肩

以及那时鲜红的太阳

是个太过鲜红的幻想之日

〔现在几点

三点四十分？

恰好一小时

啊　因为还有四十分钟

会冷的人请拿着手提灯笼

待在这岩石的后面〕

啊　暗暗的云之海

〔对面黑黑的　确实是早池峰[3]

线条状浮着的是北上山地[4]

后面？

那个呀

那是云　看起来很柔软吧

云覆盖了驹岳[5]

含有水蒸气的风

碰到驹岳

就往上飘

就那样变成了云

好像看不到鸟海山[6]

但是天亮时或许看得见哟〕

（柔软的云之波浪

那么大的起伏

月光公司的五千吨汽船

3. 早池峰是横跨东北地方三县的北上山地的主峰。

4. 北上山地是以岩手县东半部为中心，跨及青森县和宫城县一部分的山地。又称北上高地。

5. 驹岳是位于秋田县的山。

6. 鸟海山是横跨山形县与秋田县的活火山。

也不会感到摇晃吧

那质地

是蛋白石或是玻璃的毛

或是氢氧化铝

和缓的沉淀）

〔事实上这样的事是罕有的

我已经来过十几次

从不曾如此安静

如此暖和

反而比山麓的谷底

比刚才上山来到九成路途时的小屋

还要温暖

像今夜如此安静的夜晚

冰冷的空气往下沉

或许还会下霜

而暖空气

往上浮起来

这就是气温的逆转〕

御室火口的隆起

被月光照着吗

还是被我的灯笼的光呢

说是灯笼就是僭越了

总之非常黄绿而昏暗

〔那么再过四十分钟左右

请在这里会合等待

是是　北边是这边

北斗七星

现在正往山下沉落

北斗星是那个

那叫小熊座

就在那七颗星里面

然后看得到那边

纵向排列的三颗星吧

下面有垂坠斜斜朝下

在右边和左边

有红色和蓝色的大星星吧

那是猎户座　是奥力恩[7]

在那垂坠的下方附近

据说有星云

现在看不见

在那下方是

大犬座的天狼星

是冬天晚上最亮最显眼的星星

与夏天的天蝎互为表里

来吧各位　随意走走吧

那边那白色的吗

不是雪

但是可以去看看

因为还有一个小时之久

而且我也要写心象素描[8]〕

咦　我的笔记本上

已写的部分只有三张

或许是月光的恶作剧

藤原帮我照灯笼

7. 奥力恩（Orion），猎户座所象征的希腊神话人物。

8. 心象素描，贤治自创名词，代指自己的创作。

才发现有些页折进去了

好吧　那么我一个人去

走在外轮山

那自然的美丽步道上

月球的一半是赤铜　地球反照

〔月球也有暗处〕

〔后藤又兵卫[9]总是会拜月亮〕

对于我的自言自语

小田岛治卫[10]如此回应

〔是山中鹿之助[11]吧〕

反正无所谓，可以走了

不管如何那都是好事

当我被二十五日的月光照着

走在药师火山口的外轮山之时

我就是地球的贵族

远处飘满蛋白石的云

9. 后藤又兵卫，安土桃山时代至江户时代初期的武将。

10. 小田岛治卫，与诗人同行的学生。

11. 山中鹿之助，战国时代至安土桃山时代的武将。

猎户座　金牛座　各种星座
天空一片清净澄澈
连眨眼也少
在我的额头上方闪耀着
是的　那钢青的壮丽
真的从猎户的右肩
颤抖着往我袭来

三个灯笼下降到
梦的火山口平原的白色处
〔是雪吗　不是吧〕
回答得似乎颇为困扰的
不是雪　是仙人草的草丛
如果不是的话　就是高岭土[12]
剩下一个灯笼
还停在山的高处
那一定是因为河村庆助[13]
恍惚地把手伸进外套袖子的关系

12. 高岭土是由岩石风化而形成的黏土。

13. 与诗人同行的学生。

〔请进去御室火口
喷火口也进去看看
是的没有火什么都没有〕
这声音传达得颇清楚
似乎踌躇了一段时间
〔老师　可以进去吗〕
〔可以　进去没关系〕
灯笼下沉三个
那凹凹凸凸的漆黑的线
些微的悲伤
但这究竟是怎么回事
戴着大帽子
穿着破破的丝缎披风
走在药师火口的外轮山的
静静月光下的
这件事

这石标

确实是写着往下的路

有灯笼从火口里出来了

也听得见宫泽[14]的声音

云海的尽头渐渐平坦

形成一条云平线

所谓形成云平线

是从月光的左方

往右方迅速擦过的

一个夜之幻觉

现在在火山口平原里

有一个闪亮亮的白点

正呼唤着我呼唤着我吗

我是大气圈歌剧的演员

铅笔的笔套发亮

手指的黑影迅速移动

噘嘴站着的我

确实是大气圈歌剧的演员

14. 与诗人同行的学生。

而且在月光和火山块的阴影处
那边的黑色巨壁
不是熔岩就是集块岩[15] 是强而有力的肩膀
总之天亮后 绕行火山口一周的时候
会从那边来到这边
微温的风
这就是气温的逆转
（好累啊
我困了）
火山弹[16]那儿有黑影
在那妙好[17]的火口丘
有几条轨道的痕迹
鸟声!
鸟声!
飞翔在海拔六千八百尺[18]的

15. 火山运动所产生的火成岩，通常为大型火山物质的混合岩块，多见于火山活动的中心区域。
16. 由火山熔岩的黏稠部分喷发形成，在落到地面之前凝结成固体，属于喷出火成岩。
17. 妙好是东岩手火山的火口丘。
18. 日本的一尺约三十点三厘米，所以六千八百尺约为两千零六十米。

月光下的鸟声

鸟叫得越来越坚定

我慢慢踏步而行

现在月亮看起来有两个

果然是因为疲劳而产生的乱视

微亮的火山块的一个侧面

猎户是幻怪

月亮的周围是成熟的玛瑙与葡萄

呵欠与月光的变幻

（不可太跳着走

如果你是一个人的话还好

但是带着孩子们万一出事

可不是你一个人能解决的哟）

在火口丘的上方有银河的小爆发

也听得见大家在唱笛康叔民谣[19]的歌声

月亮银色的角

溃散稍微变圆

天之海与蛋白石的云

19. 笛康叔民谣是兵库县篠山市的传统民谣，明治时代受到学生喜爱，全国流行，也成为学生歌谣。此民谣名之来源，有一说为“笛卡儿、康德、叔本华”之略。

暖暖的空气

忽然扭捻成条被吹过来

折射率肯定也低

大概就像在浓浓的砂糖水

又加了水似的吧

东方沉淀

灯笼站在原来的火口上

又吹着口哨

我也要回去了

不知是否因为看到我的影子　灯笼也要回去了

（我现在看起来应该像一个

有着铁灰色背影的阿修罗）

那样想似乎是错的

总之呵欠和影子

天空的那一带散布着微弱闪烁的星星

也就是说天空的模样不一样了

然后接下来月亮就会变小

永诀之朝

今天
就要去远方的　我的妹妹呵
屋外正下着雨雪　异常明亮
　　（请取雨雪来）[1]
从淡红色的　更加阴惨的云
雨雪滴滴答答飘落下来
　　（请取雨雪来）
为了在有着蓝色莼菜花样的
这两个破陶碗里
装取你将食用的雨雪
我就像射出之后扭曲行进的子弹
飞奔到这阴暗的雨雪里
　　（请取雨雪来）
从泛红深银色的阴暗的云
雨雪滴滴答答飘落下来

1. 妹妹敏子说的话。其生平详见《宫泽贤治关键语汇小辞典》。

啊　敏子

值此临终之际

为了使我一生光明

你向我要求

如此冰清的一碗雪

谢谢你　我勇敢的妹妹呵

我也会勇往直前的

（请取雨雪来）

在高烧与急剧的喘息之中

你向我要求

从被称为银河或太阳　大气圈等等的世界的

天空所降下的最后一碗雪……

……两片花岗岩石材上

雨雪正寂静地堆积着

我颤颤巍巍站立其上

松枝上满是　保有雪与水这两种纯白固体与液体的

晶莹剔透的冰凉雪水滴

就从这闪亮的松枝

取走我那温柔妹妹的

最后的食物吧

在我们一起成长的时光中

已经看惯了的这碗的蓝色花样

今天你也要与它永别

（我要一个人走）

今天　你真的就要永别

啊　在那禁闭的病房的

黑暗屏风和蚊帐里

温柔而苍白地燃烧着的

我勇敢的妹妹呵

这雪无论选择何处

都极为纯白

这美丽的雪

从那样可怖而混乱的天空而来

（重生为人时

不再如此

只为自己的事痛苦）

对着你将食用的这两碗雪

我现在由衷祈祷

愿这雪变为兜卒天[2]的食物

不久之后　为你和大家

带来神圣的资粮

以我所有的幸福祈愿

2. 兜卒天为佛教用语，指弥勒菩萨成佛前所在的空间。

一松之针

是取来了刚才的雨雪的

那美丽松枝哟

哦　你简直像是扑上似的

将热烘烘的脸颊贴附上那绿叶

甚至奋力将脸颊扎入

那植物性的绿针之中

你那近乎贪婪的模样

多令我们惊讶啊

你是那么想去森林

当你那般被病热燃烧

在汗水和疼痛中痛苦挣扎之时

我却在日照之处愉悦地工作

边思考着别人的事　边在森林中漫步

〔啊　真好　真清爽　像是来到森林里〕[1]

像小鸟　像松鼠般地

1. 敏子说的话。

眷恋着森林的你
不知有多羡慕我
啊　今天就要去远方的妹妹呵
你真要独自一人去吗
恳求我和你一起去
哭着对我那样说吧
你的脸颊
今天反而有着难以言喻的美丽
我也来放这新鲜的松枝
到绿色的蚊帐上吧
现在雪水滴大约也将滴落
天空
也会飘漾着
清香的松节油味道吧

—无声恸哭

如此这般被大家守护着
你还得在这受苦吗
啊　更加远离巨大的信仰力量
又失去纯粹以及小德行的数量
当我走在蓝黑色的阿修罗道上时
你要独自一人寂寞地走上
自己所被决定的道路吗
当与你拥有相同信仰的唯一旅伴的我
由于在光明而冰冷的精进道上悲伤且疲累
而飘荡于毒草与荧光菌的黑暗原野之时
你独自一人要去哪里
　　（我的模样很难看吧）[1]
你以一副无以言喻的绝望且悲痛的笑容
边紧盯着
我所有细微表情
边勇敢地如此问母亲

1. 敏子问母亲的话。

　　（不　非常好　今天看起来真的非常好）
真的是那样
即使头发也是更加乌黑
而脸颊简直像是小孩的苹果脸
请保持着这美丽脸颊
到天上重生吧
〔但　身上还是有异味吧〕
〔不　一点也没有〕
真的没那回事
因为这里反而充满了
夏天原野的小白花香味
只是我现在无法说
　　（因为我正走在阿修罗道上）[2]
我的眼神之所以看来悲戚
是因为正凝视着自己的两颗心
啊　不可那样
悲哀地移开目光

2. 诗人内心的话。

一白鸟

〔全都是纯种赛马
那样的马　不管是谁都容易驾驭吗〕
〔如果不是相当习惯的人就不行〕
在古老的鞍挂山下
朝鲜白头翁的冠毛随风摇曳
鲜绿的桦树下
群聚几匹茶色的马
闪耀着美丽的光泽
（日本画卷的天空的群青色
或是天际的土耳其玉色都不稀奇
但那么大的心象的光环
在风景之中是少有的）
两只大白鸟
正尖锐而悲切地彼此应和啼叫
在潮湿的晨光中飞翔

那是我妹妹

是我已逝的妹妹

因为哥哥来了　所以才那样悲伤啼叫

　　（虽然那大致上是错谬的

　　但也不能断言全错）

是那样悲戚地啼叫

在晨光中飞翔

　　（不是晨光

　　而好像是熟了而且累了的过午时分）

但因为那也是由于整夜步行而产生的

朦胧的银的错觉

　　（我今晨确实看见那压碎融化的黄金液体

　　从蓝色的梦之北上山地[1]升上来）

为何那两只鸟的啼声

听来那样哀伤

当我自己失去拯救的力量之时

也失去我的妹妹

是因为那悲哀的缘故

1. 北上山地位于岩手县东边，跨及宫城县和青森县，又称北上高地。

（昨夜在柏树的月明中
今朝在铃兰的花丛里
不知几多回我呼唤其名
然后不知是何许人的声音
从无人荒野的尽头回应
嘲笑我）
虽然是因为那悲哀的缘故
但那声音也真是哀伤
现在两只鸟　白闪闪地翻飞
要降落到那边的湿地　绿色的芦苇丛里
但它们似降非降又飞了起来
（在日本武尊[2]的新陵墓前
后妃们趴伏着悲叹
假使那儿偶然飞来白颈鹤
就把它当成武尊的灵魂
边被芦苇刮伤脚
沿着海边随之而去）
清原[3]笑笑地站着

2. 日本武尊是日本古代史上的神话英雄。

3. 与诗人同行的人名。

（被太阳晒得发亮的真正的农村孩子
那菩萨般的头形是从犍陀罗[4]来的）
水闪闪发光是美丽的银之水
〔来吧　那儿有水哟
漱漱口让自己清爽些再走吧
因为这里是如此美丽的原野〕

4. 犍陀罗是曾经位于阿富汗东部和巴基斯坦西北部的一个古国，在公元前三世纪到公元五世纪，前后七八百年间盛行佛教。

—青森挽歌

当火车在如此暗夜的原野之中前行时
车窗全变为水族馆的窗
　　（冷漠木然的电线杆行列
　　好像忙碌地移着位
　　火车是银河系的玲珑透镜
　　奔驰在巨大的氢气苹果里）
奔驰在苹果里
但这里究竟是什么车站
立着以枕木烧制而成的栅栏
　　（八月　夜的寂静　寒天凝胶）
有横担[1]的一列柱子
只是以怀念的阴影构成
点着两盏黄灯
不但看不见
长得高而苍白的站长的黄铜棒[2]

1. 横担是指电线杆的横担，位于电线杆顶部支撑电线。

2. 黄铜棒是昔时火车站用来通行的物件。

事实上连站长的影子也没有
我的火车应该正往北行驶
但在此处却往南奔驰
到处倒着烧木桩制成的栅栏
远处黄色的地平线
那是让啤酒酵母沉淀
混杂在怪异的夜之热浪
以及寂寥的心意的明灭
水蓝色河川的水蓝色车站
　　（正是那可怕的水蓝色的空虚）
火车的逆行是渴望的同时相反性
我必须尽快
从如此寂寥的幻想浮上来
那里充满了蓝孔雀的羽毛
充满了黄铜那看似困了的脂肪酸
车厢的五个电灯
终究被冰冷地液化

（由于苦痛与疲劳
我尽量不去想起
必须想起的事）
今天过午时分
在亮晃晃的云之下
我们简直像傻瓜似的
又拉又压那个重重的红色压水机
我是那穿着黄色衣服的队长
所以想睡也是没办法
（哦　你这匆忙的旅伴呵
请不要急着离开这里
〔小学一年级　德国小学生〕
究竟是谁
突然丢来那样的恶声喊叫
但是　是小学生
在过了夜半的现在
还这样睁大眼睛的
是德国小学生）

她是否独自一人
经过如此寂寥的车站呢
是否独自一人寂寞地走往
那不知前往何处的方向
走向那条不知进入何种世界的道路呢
（是草是沼泽
是一株树）
〔吉儿[3]变得苍白 坐着哟〕
〔虽然眼睛睁得这么大
但是好像完全看不到我们哟〕
〔蛇啊　红着眼　目不转睛
就这样慢慢缩小了它的圈圈〕
〔嘘　切断蛇的圆圈　喂　把手伸出来〕
〔吉儿好像既苍白又透明的样子哟〕
〔很多鸟啊　就像播种时那样
快速飞过天空
但是吉儿却保持沉默〕
〔那时　太阳公公是很奇怪的半透明黄褐色〕

3. 贤治幻想中的名字。

〔吉儿都不看我们
我真的很伤心〕
〔刚才在野慈姑那儿太吵闹了〕
〔为什么吉儿都不看我们呢
难道她忘了我们明明曾经那样一起玩过〕
必须想起来的事
就必须把它想起来
大家都称敏子死了
依照那说法
敏子去哪儿了　根本不知道
那是无法以我们的空间方向揣测的地方
若要去感受无法感受的方向
任谁都会头晕
〔嗡嗡耳鸣完全听不见了〕[4]
撒娇般那样说了之后
她的眼睛确实可以清楚见到
自己的周遭
却听不见她所眷恋的人们的声音

4. 推测是敏子临终前说的话。

突然间呼吸停了脉搏也不跳了
接着当我飞奔过去时
那美丽的眼睛
像在索求什么似的空洞地转动着
已经再也看不见我们所在的空间
之后她感受到什么呢
大概见到了我们这世界的幻影
听见我们这世界的幻听吧
当我在她的耳边
从远方取来声音
用尽全力用尽全力呼喊
天空和爱和苹果以及风　一切能量的快乐根源
万象同归的那极为美妙的生物之名[5]的时候
她像在点头似的呼吸了两遍
动了动那又白又尖的下巴和脸颊
看起来就像是我们小时候常常在玩闹时
所做的那种表情
但她确实点头了

5. 亦即唱题，贤治与妹妹敏子共同信仰的《南无妙法莲华经》。

〔海克尔博士[6]！

　我可以负责

　那个难能可贵的证明[7]的任务〕

从假寐的硅酸的云里来

那简直要冻僵我的卑劣的叫声……

　（跨越宗谷海峡的晚上

　我彻夜站在甲板

　头毫无防备地笼罩在阴湿的雾里

　身体则充满了肮脏的愿望

　接着我真的要挑战）

确实那时点头了

而且因为一直到隔天早晨之前

胸口都还保持温热

所以即使在我们说她死了 然后哭泣之后

敏子或许还能感受到这个世界的身体

在远离了发烧与病痛的浅眠之中

梦见了在这儿所梦到的梦

由于那些安静的梦幻

6. 德国唯物论的生物学家、博物学家、一元论哲学家。

7. 证明妹妹还听得见。

将延续到下一世
我由衷恳切祈愿
那梦幻都明亮且芳香
那梦中的一个片段
真的蒙蒙胧胧地进入了
由于看护与悲伤而疲累地睡着的
瓯希葛子[8]她们的黎明里
〔黄色的花呀　我也来摘吧〕[9]
那个黎明
敏子确实还在这世上的梦里
独自一人一边走在
被落叶之风所堆叠的原野
一边就像是别人的事似的喃喃自语
然后就那样变成
寂寞森林里的一只鸟了吗
是否边从风中聆听 I'estudiantina[10]

8. 瓯希葛子是贤治的二妹名字的音译。

9. 敏子在梦里说的话。

10. I'estudiantina 是"学生乐队圆舞曲"之意，但日文翻译为《女学生》，是法国作曲家耶米尔·华德托菲（Emile Waldteufel）的作品。

边在有水流的黑暗森林中悲戚吟唱

然后飞去了呢

又是否在没多久之后与

像那里的小螺旋桨似的发出声音飞过来的新朋友们

一起边唱着纯真的歌

一边彷徨无依地飞去了呢

我无论如何都不那么认为

为何互通信息不被容许

是被容许的　而且我所收到的信息

与母亲在夏天照顾妹妹的晚上所梦到的是一样的

为何我不认为事实就是那样呢

那些人世间的梦渐渐模糊

感受到天空拂晓的蔷薇色

感受到新鲜而清爽的感官

感受到日光里似烟般的薄纱

闪闪发光微笑着穿过

交错于华丽的云和冰凉气味之间的

光束

往我们称之为上方的那个不可思议的方向
一边惊讶于那就是那样
一边比大循环的风还要清爽地上升
我甚至可以追寻那踪迹
远眺那里蓝色的寂静的湖水水面
对于湖面太平坦太光辉
以及其未知的全反射的方法
还有正确映照出闪耀着内敛光芒摇动的树的行列
这些事感到奇怪
没多久就知道那是
自然而然被磨亮的天的琉璃地面而心颤
绳条状流泻而来的天的乐音
再穿戴上瓔珞和奇特的薄纱
没有步行却静静地来回
巨大的裸足生物们
久远的模糊记忆里的花香
你是否静静地前往那些当中了呢
或者在听不见我们的声音之后

在那儿看见暗红色的既深邃又可憎的空洞
有意识的蛋白质碎裂时所发出的声音
亚硫酸和笑气的味道
如果在那儿看到这些
她将会苍白地站在那里面
也不知是站着还是站不稳踉跄
把手放在脸颊像梦本身一样站着
或许一个人叹息着这么说……
　　（我现在感受到这样的事物
　　到底是不是真的
　　所谓的我看到这样的事物
　　究竟可不可能
　　但我真的正在看）
我的这么寂寞的想法
全都是因为夜晚才出现的
若黎明来临往海岸去
而且又是波光粼粼的话
或许一切都是好的

但是若是敏子去世的事
现在我认为那不是梦
而是不得不重新感到惊吓的
过于严重的现实
虽然当感受太过于新鲜时
将之概念化
是为了不要让自己成为狂人的
生物体的一种自卫作用
但可不能老是守着
她在真的失去了这里的感官之后
重新得到怎样的身体
感受到怎样的感官
我思索这件事　不知思索了几遍
借由往昔以来多数的实验
俱舍[11]就像刚才那样述说
不可再重复这件事
表面是软玉[12]与银的单子[13]

11. 佛教论书。五世纪时，印度的世亲所著《阿毗达摩俱舍论》的略称，其中《分别世品第三》论及有情众生转生的过渡期“中阴身”的诸相。

12. 软玉是玉的一种，有白色、暗绿色等。

13. 单子（Monad）是构成宇宙的形而上学的单纯实体。

充满了从半月涌现的浓雾
月光遍布晕染
到了卷积云的中心处
它变成奇特的荧光板
最后散发出奇特的苹果味
甚至滑顺地穿透冰冷的玻璃窗
并非因为是青森
大致上当月接近这样的拂晓时分
进入卷积云的时候……
　　〔喂喂　那脸色有点苍白哟〕
给我闭嘴
我妹妹去世时的容颜
是苍白还是黑色
岂容你这家伙置喙
不管她往哪里坠落
都已经属于无上道
充满力量在那儿前进
不管是什么空间都会勇敢飞身而入

东方的钢就快亮起来

真的若是今天的……昨天的白天的话

我们就会把那个又重又红的压水机……

〔再说一件事给你听吧

喂　事实上啊

那时的眼睛是白色的

没办法马上入睡哟〕

还在说吗

都快天亮了还在说

一切都像真的有似的存在着

像在闪耀似的闪耀之物

你的武器和所有东西

对你而言又黑又可怕

但真如是既快乐又明朗的

〔因为大家从很早以前就是兄弟

所以绝对不能只为一个人祈祷〕

啊　我绝对没有那样做

在她去世之后的夜晚白昼

我认为我连一次都不曾那样祈祷

祈祷只有她一人去美好的地方就好

从来没有那样过

一不贪欲戒

穿着油纸雨衣骑着淋湿的马
在冰冷的风景里　慢慢走在暗暗的森林阴影或是
和缓的环状剥蚀[1]山丘　红色的芒草穗之间
这样很惬意
而撑开多面角的洋伞
到镇上买砂糖粉
也是极新鲜的企画
　　（叽啦K啰叽啦K啰[2]　白脸山雀）
被称作稻的　粗糙的草群落的颜色
是　甚至连泰纳[3]也可能会想要的
沙拉的颜色

1. 地表的组成物质因为自然风化、块体崩移等侵蚀搬运作用，造成地表的高度降低的过程称为剥蚀。
2. 白脸山雀的叫声。
3. 泰纳，英国画家。喜欢从大自然产生的动人心魄的效果中汲取灵感，包括暴风雨、极端恶劣或美妙的天气，尤其是光的效果。评论家约翰·鲁斯金描述他："能惊心动魄地、真实地掌握大自然的脉搏。"

若遵从慈云尊者[4]

这景色就是不贪欲戒的风景

　　（叽啦 K 啰叽啦 K 啰　白脸山雀

　　那时的高等游民[5]

　　是现在稳健的执政官）

咕嘟咕嘟喷出寂寞的　暗暗的山

防火线所闪现的灰色等等

若遵从慈云尊者

也是不贪欲戒的风景

4. 慈云尊者是江户时代真言宗的僧侣，代表作《十善法语》中的《十善戒》即包含不贪欲戒。

5. 高等游民是明治末年到昭和初期的用语，指受过高等教育，但没有定职的人。

一风景与音乐盒

充满清爽的水果香
云　正不断奔驰在
被冰过的　银制的薄暮天空
有一匹马慢慢地
从黑曜桧木或丝柏之中走来
一个农夫乘坐其上
当然农夫的一半身体
融入了树丛和那里银的原子里
而且自己也觉得融化无所谓
和头大大的暧昧的马一起慢慢过来
垂着头老实的粗野的南部马[1]
在又黑又巨大的松仓山[2]的这边
一点儿的天竺牡丹复合体
那电灯的企画

1. 南部马是指岩手、青森、秋田地方所产的日本马，体格大且强健。

2. 松仓山是岩手县的山，位于花卷以西。

实在是九月的宝石
我将绿色的番茄
赠给那电灯的献策者
湿滑的路
刚涂上木馏油的栏杆
还有两条电线也在赝品的虚无之中发亮
这些风景都被深深地透明化
水在下方轰隆隆流去
黑天鹅的胸毛团块
飞翔在薄暮天空的清爽的银与苹果之中
　　〔啊　月亮要露脸了〕
被真正锐利的秋之粉以及
玻璃边端的云之棱角所淹没
紫磨银彩[3]色　且又尖又亮的六日的月
桥的栏杆还满满沾附着雨滴
啊　这怀念的涌现
水是沉稳的胶质
我在如此过于透明的景色里

3. 紫磨金是泛紫色的纯金，取紫磨二字修饰银彩，所以紫磨银彩就是泛紫色的银彩。

就算被　从松仓山或五间森[4]粗野的石英安山岩的火山栓
被派出来的剽悍刺客
暗杀也无所谓
　　（因为我确实砍掉那树木）
　　（杉树的顶端黑黑地刺入天之碗）
只要风把口哨扯下一半带过来
　　（可怜的二重感觉的装置）
我就会看见古印度的青草
那冲撞山崖的水
像葱一样横向偏离
风　吹得那样巧妙
半月的表面被吹得很干净
也因此我的洋伞
短暂啪嗒啪嗒发出声响之后
就倒到桥板上了
松仓山松仓山　尖尖耸立在漆黑恶魔铋色的天空
电灯相当熟了
风若这样吹

4. 五间森是岩手县的山，位于花卷南温泉峡左岸。

真的就是吹过来的劫[5]的初始之风
一片漂浮在天空的拂晓的动机
电线与可怕的玉髓[6]之云的片段
从那儿浮出不知名的大大的蓝色星星
　　（是几次的恋爱的补偿）
那样可怕的红黄色的云和
我的外衣都翻飞着
　　（转动音乐盒　转动音乐盒）
月　突然变成两个
形成盲目的黑晕　飘过光面的一群云
　　（息怒啊息怒啊　五间森
　　就算树被砍也要息怒）

5. 劫是佛教用语，表示极长的时间。

6. 玉髓是矿物名。

一火药与纸钞

芒草穗红澄澄地排列着
云比喀什噶尔[1]产的苹果果肉还冰凉
鸟一同飞起
撒落乐谱的碎片
　　在　以烧古枕木盖成的
　　黑色的保线[2]小屋的秋之中
　　一个四面体聚形[3]的劳工
　　用美国风的镀锡罐
　　正在搓揉面粉
鸟　又是一把　从天空被撒下
一起在云下展开来
这回巧妙利用重力法则
聚集到远方的吉利亚克[4]

1. 喀什噶尔是中国西域的地名。

2. “保线”意指“确保铁道安全”。

3. 四面体聚形，是形状名，这里形容结实粗壮。

4. 吉利亚克在库页岛北部以及黑龙江下游，有原住民族吉利亚克人（现称尼夫赫人）居住。

　　在红色的碍子[5]上
　　那些令人怜爱的麻雀们
　　只要吹口哨再吸新鲜又浓郁的空气
　　不管是谁都会觉得怜爱
每座森林都蓝艳艳地哭着
而松林地上的杂草和苔藓星星点点地萎秃
酸性土壤已经来到十月
　　我的衣服也完全破旧
　　那边那个健壮的土木工人
　　从那阴影之中打喷嚏
像冰河入海似的
许多白云之流
正倾注入枯萎的原野
　　因此平常绝对看不到的
　　小小的三角形的前山等等
　　也清晰地白白地浮现着
栗子树梢的马赛克以及
镀锡工艺品的柳叶

5. 绝缘碍子，泛指用于输电系统之中，连接电线杆、铁塔与传输高压电的悬挂电缆之间的绝缘体装置。

在水的旁边硬硬的黄色的榅桲

连树枝都裂开　结着果实

　　（这回如果撒下去的话……

　　哼　就像白脸山雀那样）

当云蜷缩　闪耀地发光的时候

若能戴上大帽子

大方地走在原野

我其他什么都不需要

火药和磷

和大张纸钞都不想要

一过去情炎

由被截断的树根渗出树液
边闻着新的腐植土的味道
边在亮丽的雨后之中工作
我是移民的清教徒[1]
云不安定地摇晃且奔驰
梨子的叶子上有一条条精巧的叶脉
果树短枝上　水滴变成透镜
收摄纳容了天空和树木和一切的景象
我祈祷着　当我把这里挖成圆圈的时候
那水滴不要滴落
因为在我清除这株小刺槐之后
我将郑重地蹲下来将唇贴近它
穿着折领衬衫和破旧的外套
若像是在打什么坏主意似的　一边故意抬头挺胸
一边窥视水滴那边的话

1. 十七世纪前半叶有一部分英国的清教徒移民到美国。以此史实比喻，并非真正的移民。

或许看起来会像个大坏蛋
但我想我会被原谅
一切全都不可靠
什么都不能信赖
在这些现象的世界里
那不可靠的性质
却变成这么美丽的露
还将颓萎了的西南卫矛小树
染成　从红色到温柔的月光色
奢华的纺织品
刺槐已被挖除
那么我现在就要满意地放下铁锄
像是要去见等待的恋人似的
从容大方笑着往那树下去
但那是一个情炎
已是水蓝色的过去

一本木野[1]

松树忽然变得明亮
原野豁然开展
一望无垠一望无垠 枯草在阳光下燃烧
电线杆整齐地排列出白色的绝缘碍子
令人觉得延续到了贝林格市[2]
一片澄澈的海蓝天空以及
被净化的人的愿望
落叶松重返青春而萌芽
幻听的透明云雀
七时雨[3]的绿色起伏
又在心象之中起伏
一丛柳树林
就是窝瓦河[4]岸边那柳树

1. 一本木野是地名，位于岩手山东南方，小岩井农场东北方的原野。

2. 贝林格市是贤治幻想中位于极北的都市。

3. 七时雨指的是七时雨山，位于岩手山东北。

4. 窝瓦河位于俄罗斯西南部，是欧洲最长的河。

寂静地隐身在天碗的孔雀石

药师山[5]那茶红色的既严峻又尖锐的隆起

火口的雪刻在每个皱褶

鞍挂山的锐角

往蓝空撑举星云

（喂　柏树

你的绰号叫作

山的香烟树是真的吗）

半天慢慢走在这么明亮的苍穹与草之中

是无法形容的恩惠

我甚至愿意以磔刑来交换得到那恩惠

与恋人见上一面不也是这样吗

（喂　山的香烟树

如果跳太奇怪的舞

会被说是未来派哟）

5. 药师山在“东岩手火山”一诗也有出现，是东岩手火山最高峰。

假使我沙沙走在
森林或原野的恋人　芦苇之间
被恭谨折好的绿色书信
不知何时就会放在口袋里
而且只要走在森林暗处
手肘和长裤就会充满
新月形的嘴唇的痕迹

—伊哈托布的冰雾

因为今天早上真的是初次的凛冽冰雾
大家连榅桲或其他东西都拿出来欢迎

—冬天与银河车站

天空中　小鸟像灰尘一样飞
蜻蜓和希腊文字
忙碌地在原野的雪地上燃烧
从釜石街道[1]的桧木
结冻的水滴灿灿降下
银河站的远方信号
今天早晨也鲜红地沉淀着
即使河川一直流着流冰
大家还是穿着橡胶长靴
身穿狐狸或狗的皮衣
逛逛陶器的路边摊
品评垂挂着的章鱼
是那热闹的土泽[2]的冬季市集日

1. 釜石街道是岩手县中南部的道路名。
2. 花卷市地名，现今的“土泽商店街”仍会不时举办热闹的活动，数年前在土泽建立了本诗的诗碑。

（赤杨与耀眼的云的酒精
在那里　槲寄生的黄金终端
也可以发出内敛的光芒）
啊　Josef Pasternack[3] 所指挥的
这个冬天的银河轻便铁道[4]
穿越层层叠叠柔美的冰
（电线杆的红色绝缘碍子和松树森林）
挂着赝品的金牌
凛然张着茶色眼瞳
冰蓝的天碗之下
在晴朗的雪之台地赶着
（窗玻璃的冰的凤尾草
渐渐变成白色蒸气）
从釜石街道的桧木
水滴燃烧四处滴落
弹跳起来的绿色树枝
红玉和黄玉还有各种光谱
简直是像市场一样热络的交易

3. 约瑟夫・帕斯特纳克，美国指挥家。
4. 银河轻便铁道系指“岩手轻便铁道”。

2

《春天与阿修罗》第二集

创作期间：约为一九二四—一九二五

一序

这一卷
是我在岩手县花卷的
农学校工作四年[1]之中
从后两年的手记中收集而来的
这四年对我而言
真的是既愉快又开朗
近代文明蓬勃兴盛以来
前辈们无意识的受薪者同盟会[2]
或许多少也有诈欺　但是
总之展现了巨大的效果
以不断的努力与团结
而获致的那结果
我以每天仅仅二至四小时开朗地授课以及
两小时左右轻松的实习
就被保障了　对我而言相当高额的薪资

1. 贤治从一九二一年十二月三日到一九二六年三月三十一日止，在花卷农学校任教。

2. 受薪者同盟会（Salarymen's Union），从事改善待遇的运动。

而且近距离的火车也能自由乘坐
胶鞋或粗条纹的衬衫等等也可自由选择
也可以请我喜爱的孩子们吃饭
我得到那样安稳的待遇
但是慢慢地
我渐渐习惯那种生活
有 多少过度计算了大家所拥有的衣服件数以及
每餐能摄取的蛋白质的量等等之嫌
因此现在试着恢复这破烂不堪
虽然有点自以为是的歌剧演员的感觉
但也因为相当令我怀念
首先就顺着友人藤原嘉藤治[3]
菊池武雄[4]等人的劝说
也把这一卷姑且献到各位面前
虽然确实要献出
但我想这回这位出版者
大概也会亏本吧

3. 藤原嘉藤治是花卷高等女学校的音乐老师，贤治的挚友，贤治去世后也曾参与贤治全集的编辑。

4. 菊池武雄是透过藤原嘉藤治介绍而与贤治结识的好友，是美术老师、画家，《要求多多的料理店》初版的插图是他受贤治委托所画。

因此虽然真的很不礼貌
但凡我所敬爱的诸位支持者
给我寄信或杂志来
或为我写各式各样的文字在某些地方
即使像是在摆架子
我想要尽量婉拒
因为我始终爱好孤独
厌恶湿热的感情
万一期待我做更多工作的人
叫我成为同好
或是向我催稿件或催收现金[5]
我都想拜托　不要像这样让我苦恼
因为我即使真的是个穷人
但是既可以耕种自己的田
冬天也开设　到处挂着麻袋的水稻肥料设计事务所
与其说我们要约定做出一番大事业
不如说我们满脑子都是稍微下等些的事情
因此就算那样说也没什么

5. 此处原文为“集金邮便”，是日本邮局在一九四〇年之前的一种制度。邮局接受民众委托，以委托民众所交托的“现金受领证书”或证券等，代替委托民众向应付现金的对象催收现金。

北上川只要泛滥一次

就会死掉百万只老鼠

那些老鼠们在存活的每一天

每一只都说着和我一样的话

一五轮峠[1]

叫作宇部什么来着？……

宇部兴左卫门？……

好古老的名字啊

并非有谁在何时

　　将下了好几回好几回的雪踩硬了

　　路　就这样将森林微细地圈围起来

　　就算是地主

所拥有的土地也只有在你的部落里吧

原野那边也有土地吗

　　……只有在部落里……

那么也拥有山林啰

　　……听说有十公顷之多……

所以才每天穿着平纹绸衣

在坑炉边缘敲烟管

装出一副政治家的模样啊

1. 岩手县境内的山名，详见《宫泽贤治关键语汇小辞典》。

那没多久就没落啦

即使是现在　资产也是负数吧

　　对面是岩与松的高处

　　在那左边　空荡荡开展着暗暗的雨雪天空

那里是第二座山吗

还有三座吗

　　在空荡荡暗暗的雨雪天空的右边

　　有几棵松树

　　树丛充满阴郁之气

　　孤零零立于其中的

　　正是古老的五轮之塔[2]

　　长满青苔的花岗岩的古老五轮之塔

啊　就是因为这里

有五轮之塔

所以才叫作五轮峠呀

我直到刚才都还以为

共有五座山

大概叫作地轮峠　水轮峠　空轮峠吧

2. 五轮之塔是从下而上，分别以方形、圆形、三角形、半月形、宝珠形的石块来象征构成万物要素的地轮、水轮、火轮、风轮、空轮的塔。

因为没有带地图就来了啊
　　那弄错了的五座山峰
　　在某处的远远的雪空
　　正发出内敛的蓝蓝的光芒
　　快要消失却又亮起
这样的分类法不错啊
把物质全都归到电子
若把电子说成是真空异相
那就和现在没有任何不同
　　宇部五右卫门闭起眼睛
　　宇部五右卫门没有意识
　　也没有宇部五右卫门的灵魂
　　但是如果在真空的
　　这一侧或某一侧
　　宇部五右卫门到目前为止都认为
　　这就是我
　　那样的现象
　　万一在一瞬间发生

　　那里还是会有个类似的家伙
　　认为这就是我
　　且当作那种情况很多
　　彼此说　我是我
　　彼此说　那是云
　　彼此说　这是土
　　那样的事并非不可能
　　那里是别的五轮之塔
啊　那是什么
　　现在在面前展开的暗暗的地方
　　正是北上的平野[3]
　　连接着淡墨色的云
　　被酵母的雪下得朦胧
　　是海与满溢的蓝与银的平野
连对面的云都像是原野
那一带是水泽[4]吗
你家在哪儿呢
是不是在那山丘的背面

3. 北上平野位于岩手县西部，是北上川流域的盆地，又称北上盆地。

4. 岩手县的地名。

刚才的宇部五右卫门
还在敲着烟管
　　这边也将要一直下雪了
　　像尘一样　像灰一样地下
　　杜鹃和栎的灌木
　　黝黑的蛇纹岩
　　全都会一起变得斑斑点点

“从辽杨树下”

从辽杨树下
突然扬起水花
由于飞溅到月光里
原本以为是狐狸
竟是那原始的水捣杵
旁边也有小小的村舍
大概在捣小米或是什么吧
水终于落下来
叽叽咕咕地喷出蓝色的火
杵渐渐降下来
水流下来然后又扬上去
与其说是杵　不如说是一条舟
与其说是舟　不如说是一支匙
扑扑簌簌蓝蓝地　又继续捣杵
某处响起了铃声

山丘与山顶都寂静
那儿的草
它的困与它的柔软 完全是鸟儿的心情
若是白天　凤尾草的嫩芽和
樱草也开着吧
被路的左边的栗子树林所围绕的
泛红深银色的影子之中
黑黑地坐落着一间锁匙形的大房子
铃铛挂在睡着的马的胸前
随着呼吸晃动
马一定是弯曲着脚
在枯草上香甜地酣睡着
我也想睡了
某处有啼叫得和铃铛一样的鸟
譬如是蓝蓝的朦胧的保护色
在对面山丘的背面也叫着
还有越过好几个月夜的山峰的远处
峡流也像风那样响着

—黎明

拂晓了
风的单子[1]互相推挤
东方也变朦胧了
月亮变成庄重的面包树果实
那香气也好好被冻结着
如果华丽地挂在锡色的天空
在白色的带状云之上
已衰亡的山群之像
就泛着鼠灰色困倦地漂浮
再老了一次的北上川[2]
在它那泛绿而朦胧的原野里
纳入支流微微闪亮
在那儿　昨夜的盛冈
弧光灯的点缀
还有镇上成排的街灯

1. 单子（Monad）是哲学上构成宇宙的形而上学的单纯实体。

2. 北上川是东北地方最大河川，流经岩手县与宫城县。

正芳香酣睡

将要灭亡的最后的极乐鸟

展开尾端的羽毛

喘息似的呼呼沉睡着

那就是持续吃着

这森林以及原野的草

取而代之地　吐出砂糖和木棉

温柔的化身之鸟

　　而且我要在那儿誓言

　　一个不变的爱

丛林中的莺频频叫着

残雪微弱发出光芒

—北上山地[1]之春

〔1〕

雪鞋与黄麻纤维的绑腿
白桦扬起火焰
如果喷出又热又酸的树液
孩子们就唱老鹰之歌
收获狐狸的毛皮
形状像打制石斧的柱子的行列
由于煤烟而熏得亮亮的
又高又陡峭的阁楼
现在充满早餐的蓝烟
像大教堂的穹顶
一线光芒照射着
那娇媚的光象之底
在冰冷的春天的马厩
枯草和雪的反射

1. 以岩手县东部为中心，跨及青森县和宫城县的山地，又称北上高地。

马儿眷恋明亮的山丘之风
蹄声勾兜勾兜

〔2〕
穿着浅黄与深蓝的呢绒罗纱
柳树喷出蜜之花
鸟儿在群丘之间飞翔
马儿令人不解地赶着路
　　喘息热热的盎格鲁阿拉伯马
　　闪闪发亮　纤瘦的纯种马
风的透明楔形文字
来到凹凸不平的暗暗的胡桃树枝发出声响
若是再摇晃粗榧和篁竹
　　闪动着一簇簇白色马尾的重挽马
　　或者像巨大的蜥蜴似的
　　在日光里航海的哈克尼马

马就陆陆续续出现
啃咬泥灰岩的棱角
爬上朦胧的融雪水流
孔雀之石的天空下
热闹的光之市场
被带去种马检查所

〔3〕

馨香的南风
乘载着蜻蜓和蓝色的云
如果滑过平坦的草
猪牙花　花和叶子的斑点都燃烧
挑起黑色的有机肥料的笼子
头上装扮着黄色橙色的布
大家一整列爬上来
来到馨香的山丘顶附近
树梢长着黄金果实的
大大的栗子树的阴影

借由尚未消融的银色的雪

冷却燃烧的颈脖

而我

要把这石竹色的时节

算成第几个辛酸的春天才好呢

“如果穿过这座森林”

如果穿过这座森林

路就回到刚才的水车处

鸟刺耳地叫着

确实是迁徙的斑鸫群

因为一整夜　银河的南端

白闪闪地发光且爆发

也有太多萤火虫在飞

而且风不断吹摇着树

鸟儿无法平静入睡

才会那样极度地喧闹吧

但是

我才刚踏进森林里一步而已

如此激昂

如此更加激昂地

简直像是骤雨般地鸣叫

多奇怪的家伙们呀

这里是罗汉柏的森林

从那一根一根乌黑的树枝

天空四处的片片段段

各式各样的颤动着呼吸着

就像是送来

所有年代的光的目录

　　……因为鸟太喧闹了

　　所以我就茫然呆站着……

路　微白地往彼方流去

红而浊的火星

从树丛的一个低洼处升起

仅两只鸟不知何时悄悄过来

清脆响亮地嘎吱嘎吱叫 然后离开

啊　风吹　温暖以及银的分子

传送所有四面体的感触

萤火虫更加纷乱地飞

鸟比雨还要频繁地叫

我从森林尽头的尽头听见

我死去的妹妹的声音

　　……即使那已经不是那样

　　因为不管谁都一样

　　所以也不必再重新思考……

草的湿热与桧的气味

鸟又开始更加喧闹起来

为何那样喧闹

就算往田里引水的人们

蹑脚走在森林的边缘

就算南方的天空屡屡出现流星

也没什么危险的

可以安稳地睡　没关系

—北上川流动荧气

（北上川流动荧气
山遮盖正午的思睡）
从南边的松树林
冒出微微的黄色的烟
（这边的路比较好不是吗）
（那里有奇特的鸟！）
（哪只）
就像是稻草用魔术师的眼镜来看那样
天被明亮的孔雀石板铺贴的这个白天
在俯视河川的高压线上
真的在思索的那只鸟
（哈哈　那是翡翠鸟
翡翠鸟啦　眼珠子红红的
啊　咪基阿　今天也好热哟）
（什么呀　什么咪基阿呀）

（是它的名字哟
ミ[1] 这个字取其背部的平滑
チ[2] 这个字取其喙尖尖的模样
ア[3] 这个字就是昵称吧）
（那　玛丽亚[4] 的ア也是昵称吗？）
（哈哈哈　你敢这样问我
圣母也会这样告诫你
然后等待圣诞节）
（圣诞节的话每天都是啊
就算受难日也是每天
因为新的基督
有千人以上
甚至万人以上）
（哈哈哈　你这家伙……）
翡翠鸟还是静静不动
注视着河川的蓝
（……那么这样的事如何呢
说我哥哥是没用的东西）

1. 原文“ミ”，发音同“咪”。
2. 原文“チ”，发音近似“基”。
3. 原文“ア”，发音同“阿”。
4. 原文“マリア”。

（什么呀）

（啊　等等

我哥是没用的东西

脚没力不能走路

张开嘴巴飞是它的本事

名字叫夜鹰）

（好有趣　那什么啊）

（啊　等等

而且弟弟也是卑鄙的家伙

绕着花儿咪—咪—叫着

吸花蜜……嗯，吸花蜜……）

（很拿手？）

（不）

（比什么事都自豪？）

（不，嗯

吸花蜜是白天一整天的工作

名字叫作蜂雀）

（好有趣　那是什么呀？）

（你认为我是谁呢？）

（不晓得）

（停在那边

眼神凛然的小姐）

（翡翠鸟？）

（嗯　差不多）

（夜鹰是它的哥哥？）

（是啊）

（蜂雀是弟弟）

（是啊

首先　那曾出现在女子学校或书本的

某处里哟）

（不知道）

这会儿　日本玛绢金龟一联队

从毛当归

月光色的伞形花

往蓝空高高飞舞而上

（哇　好大的金凤花！）

（喂　那是月见草吧）

（哈哈哈哈）

（学名叫什么啊）

（讲到学名就很麻烦吧）

（可是　用一般的名称

就不知道它是什么属之类的）

（叫 Oenothera lamarckiana）

（那么就是拉马克[5]发现的啰）

（以月见草而言　说成发现　形状就有点大哟）

两只篦鹭从燕麦的白铃上

飞渡而来

（某处正在烧李子树）

（那里的松树林里

正在烧着木炭之类的东西）

（不是木炭窑　是瓦窑）

（可以看看烧瓦的地方吗？）

（可以吧）

5. 拉马克（Jean-Baptiste Lamarck）是法国十九世纪著名的博物学者。

树林里淡淡的烟和光之棒

窑的深处　火是纯白的

屋顶一只

鹎鸟频频叫着

　　（哎呀

　　我全身沾满了月见草的花粉啦）

玉蝉花静静地燃烧

“夜的湿气与风寂寞地混合”

夜的湿气与风寂寞地混合
松与柳的树林是黑色
天空充满了暗暗的业之花瓣
我由于记录了诸神之名
而猛烈地打着冷颤

—旅程幻想

沿途经过凄凉寂寥的少渔获以及旱灾后的景象
越过沿海的
许多山峰
穿过芒草的原野
一个人来到这里
但是在这个荒废河原之砂的
微弱阳光中打盹儿
肩膀还有背部都感觉到寒意
某种不安
好像是由于在最后的燧石板岩山顶上
将放牧用的木栅
枹栎的门打开后没有关上
就急着赶路的关系
那里光亮的冰冷的天空

以及长着槲寄生的栗子树等等也浮在眼前
在那河川上几层的云以及
冰冷的日光的格子形状里
不知名的大鸟
正微微地咕噜咕噜叫着

—从未来圈来的影子

风雪很大

而且今天又有严重的塌方

　　……为什么那样没完没了

　　要按响结冻了的汽笛吗……

从影子和可怕的烟雾之中

脸色苍白的人踉踉跄跄出现

那是从冰的未来圈被抛掷而来的

不由得战栗的　我的影子

—关于山的黎明之童话风构想

有冰凉的明胶的雾

桃红色地燃烧的棉花糖

沾附了偃松[1]的绿茶卡斯提拉[2]

平滑且脆而易碎的绿色和茶色的蛇纹岩

有古式的金米糖[3]

也有银星石色的奶油

日本铁杉[4]用绿色的粗砂糖做成

其边端

全都附着着葡萄干[5]

从深山茴香[6]

的香料

1. 偃松是一种常绿针叶树。

2. 卡斯提拉是长崎蛋糕。

3. 金米糖是小小的球形，有凹凸的日本糖果。

4. 日本铁杉是日本固有品种，常绿针叶树。

5. 葡萄干或指日本铁杉的球果，其球果是咖啡色。

6. 深山茴香是生长在高山岩石地带的多年草。

到蜜和各式香精
在那儿　碧眼的蜜蜂也颤抖
然后如何呢
只要风一吹　风一吹
倾斜的一整面钓钟草的花儿上
闪耀地　闪耀地
露珠美丽地闪闪发亮
连我都恍神了……
在盈溢着一片深蓝的伊哈托布里的孩子们
大家一起前往这个天上的
被装饰好的餐桌吧
愉快地燃起热情来享用这圣餐吧
若问我有没有真的在吃
其实我从刚才就边吞口水　边吃着
这一带冰凉的浓雾果冻
实际上我就像恶魔似的
只要是漂亮的东西　不管是岩石还是什么都吃
而且　不管是现在正从那儿的岩石的格子形状

极为闪耀炫目地熔化了的

黄金的轮宝[7]升起的景象

或是那景象变成巨大的银灯之后

在白云中翻滚

都是很值得看的美丽景象

哦　翠绿地舒展开来的伊哈托布的孩子们

如果读毕格林或是安徒生

就自己用蒲草编织裹腿

买木纸[8]的白色帽子

来攀爬这座

耸立在无底深蓝色空气深渊的巨大点心之塔吧

7. 轮宝是佛教语，金轮宝之意。

8. 木纸是将杉树或桧木削薄后做成的薄木片。

—告别

你的低音提琴三连音

你大概不知道

它发出怎样的声音

那充满了淳朴与希望的快乐

几乎使我像草叶般颤动

如果你能够清楚知道且自由地随时使用

那些音的特性

以及那了不起的无数的序列的话

那你就连既辛苦又荣耀的天上的工作都会做吧

就像西洋著名的音乐家们

在幼龄时期就已经拿着弦乐器或键盘乐器

自成一家一样

你在那时候

也已经拿着这个国家的皮革鼓乐器和

以竹做成的管

现在在与你年龄相近的人当中

拥有你的素质和能力的人

若是在城镇加上村庄的一万人之中

大概会有五个人吧

但是那五个人在五年之中

全都会丧失那素质和能力

为了生活而被损耗磨损

是自己把它丢却的

所有的才华能力资质

并不是会一直停留在人的身上的东西

甚至人也不会永远停留在人的身边

我还没有说

四月的时候将离开学校

恐怕要走上又暗又险峻的路吧

如果在那之后　你现在的能力钝掉

失去漂亮的音的正确调子与其明亮度

而无法再度恢复的话

我就不再看你

为什么呢　因为我最讨厌

只要会那么一点儿工作

就安逸下来的
那种多数人
如果你
好好给我听着
思慕一位温柔的姑娘　到那时候
你身上就会出现无数影与光的形象
你得把它化成乐音
当大家在城镇生活
一整天都在玩乐的时候
你得一个人割那石原的草
得用那寂寞创作乐音
要咀嚼那许多的侮辱和穷苦
然后歌唱
如果没有乐器
听着　因为你是我的弟子
就使尽全力弹奏
充满天空的
以光做成的管风琴

3

《春天与阿修罗》第三集

创作期间：约为一九二六——九二八

一村姑

掠过田地的鸟之影

绿油油光亮的山之棱

手握紧雪菜的茎

一边聆听着云雀与河川

一边陶然恍惚与人谈话

一春

当阳光照耀鸟儿啼叫

四处的枹栎树林

也烟朦之时

我今后将会有

嘎吱嘎吱叫的　脏脏的手掌

一飨宴

咔呲咔呲嚼着酸黄瓜

大家正喝着酒

……土桥在阴天的上午完成

用来烧火的碎木片蓝蓝的烟

现在开始飘到整面稻田

在那堰堤边缘的杉树与枹栎

雨哗啦哗啦倾注而下……

大家正喝着从地主或是没有去服劳役的人们那儿

收集过来的酒

……忘我了

迷迷糊糊说着稻子的种类

这里是天山北路吗……

刚才被叫去

搬了十趟红砂石

脸浮肿且看起来羸弱的孩子

正坐在大家背后的木地板房间

吃面线

（你不是说　只要栽种紫云英就可以采收稻米吗

但是都只有采到稻草　没用啦）

孩子停止吃面线

往这边窥视了一眼

一烟

烟从上游的
砖瓦工厂的烟囱
连着云
在那　开展于脚下的
蓝白色页岩盘[1]
寻找又尖又长的胡桃化石
从微浊的咕哝嘟囔的水里
撷取古时野兽的足迹
在两个夏天的期间
实习结束的每天下午
都和学生们如此愉快地游玩
但是现在每座山四面八方全都阴暗
一整个全破产
从砖瓦工厂的烟囱冒烟出来
到底是在烧什么呀

1. 此处的页岩盘指“英国海岸”，详见《宫泽贤治关键语汇小辞典》。

黑烟不断冒出来

也混入天空满满的云

连白金色的天际

也渐渐变窄变小

一白菜田

霜满满都是田里的沙子
有收分曲线[1]的柱子行列
全都拖出水蓝色的影子
在十几个昼夜
生病苦闷的期间
在如此冰冷的空气之中
千棵芝罘白菜[2]
变成了几乎要绽裂开来的炮弹
七百棵包头连[3]
变成漂亮的面包形状
因为这里不但是渡过了码头的人
全部都会经过的地方
而且只要沿着河　哪里都能到得了
也能到山崖

1. 收分曲线是建筑学术语，指建筑构造中，出于美学上的考量，而对柱、梁等构件从底端起的某一比例起始砍削出缓和的曲线至顶端，使构件外形显得丰满柔和的处理手法。
2. 芝罘白菜是白菜的品种。
3. 包头连是白菜的品种。

所以大家都说
在这里种蔬菜大概会被偷吧
但是　没有人偷
季节一到　自然而然就这么熟
不但早晨铺覆着纯白的霜
早池峰药师山[4]也已因雪而纯白
河川像是要爆发似的
有时扬起不安定的水蒸气
一边持续重复着冒腾与消失
一边持续释放着尖针水流
就算病了
或者就算死了
河川还是会继续对存活的人
继续流淌
多美好的事呀
啊　但是　这寂静的田地
在我拉着两轮拖车
进来这沙土地之后

4. 早池峰和药师山都是岩手县的山名。

都还没听到一个声音
难道是因为我听不见吗
由于大大的水蒸气团块
现在正要浮过太阳的正面
因此柱子行列的蓝影消失
沙子也变黑了

一实验室小景

（在这样的地方啊）
烧杯、烧瓶、本生灯
（一直站在这石灰泥上）
暖炉自己嘀咕着
黄色时钟也一拐一拐摆动着它的跛脚
（好多玻璃的敖包呀）
（那是逆流冷却器）
（好大的杯子啊）
（怎么样　你　要不要用来喝杯氢氧化钾啊）
（哼哼）
雪的反射与白杨树梢
飘移在天空的是蛋白石的云
或是细小的冰的碎片
（若是分析　你什么都会吗）
（是啊　如果是物质方面的话）

（哈哈哈哈　今天好谦虚
太像牛顿了）
（嘿　牛顿是物理耶）
（不管是啥　都只差一步而已
变成教授或是博士
甚至男爵都有可能）
（喂喂　助教在看）
冒出热腾腾水蒸气的恒温装置
（一点也看不出　春天要来了）
（不　来的时候是一次就到
春天的速度又是另一回事）
（说什么春天的速度 很奇怪耶）
（你这个文学半吊子大概不懂吧
本来所谓春天
就是气象因子的系列哟
刚开始时　会开出赤杨的细绳[1]
最后飘落八重樱花
只要通过某个固定的地点

1. 赤杨树在初春会先开花，而花是细绳状。

速度就会在那里形成）

（如果谈论那样的事

论文会软趴趴不像样哟）

（唉哟　论文简单啦）

△

（几点可以一起出去？　）

（四点可以）

（已经一小时了）

（啊　没有在温室玩呀

结束以后我会看一看

助教会教我很多）

（那么　就那么办吧

是那玄关旁边的房间吧）

（啊　是的

可以一个人进去

门要记得关上哟）

—札幌市

在远方倾斜的灰光
和货物列车的震动之中
我将涌上来的悲哀
变成片片段段的蓝色神话
用力挥洒在
开拓纪念的榆树的广场
但小鸟却没有啄食它

—恶意

夜间吹过来的黑云
被升上山地的太阳晒
以致早晨变得极为阴暗
今天的游乐园设计[1]
就给他用那恶魔模样的云边缘的
鼠灰色与红色吧
张着嘴的鱼形的金鱼草
或是粗俗的天蓝绣球花
就用那样的植物吧
在这个连食物都匮乏的县
投入了百万以上的金钱
终究打造出魔窟
这就是符合那里的色调

1. 指花卷温泉南斜花坛周边的游乐园设计。

“那里的田啊”

那里的田啊

以那种类而言氮肥过多

所以干脆断水吧

就不做第三次的除草了

　　……专心从田埂跑过来的

　　那个在青苗地擦汗的孩子……

没残留磷酸吧?

全用掉了吗?

那么　如果这天气

再持续五天的话

就把那垂叶

像这样的垂叶

全部拔除

　　……频频点头擦汗的那个孩子

　　来参加冬季讲习的时候

虽然已经工作一年以上

那时还拥有灿烂的苹果般的笑容

但现在已经由于日晒与辛苦流汗

以及几晚的失眠而憔悴……

然后　听着

这个月底如果那稻子

长到比你的胸口还高的高度

以衬衫上面的扣子做基准哟

就把叶尖全部割掉

……不是只有汗水

也正擦着泪吧……

你自己所构思出来的那田

我也全部看了

陆羽一三二号[1]啊

那很顺利

不但肥料一点也不会不均匀

还非常强韧地茁壮成长着

还有硫酸铵也是你自己播的吧

1. 陆羽一三二号是稻的品种。

虽然大家有各种说法
但其实一点也不需要担心那稻子
如果以十公亩的耕地来讲
可以说已经确定　会有三石二斗的收获
好好耕作
今后真正的学习呀
可不是一边打网球
一边从　以教学为营生的老师那儿
借着道义而受教
像你这样
在暴风雪或仅有的工作空当
一边哭泣
一边刻画到身体上的这样的学习
没多久就会迅速冒出强壮的芽
还不知会伸展到哪里

那就是今后的新学问的开始

那么就再会了

　　……透明的力量

　　从云从风

　　传递给那孩子吧……

—原野的师父

在倒下的稻子与芒草穗之间
渡过闪耀着白色光芒的水
在这雷与云之中
师父啊　如果来拜访您
您总是端正地坐在边廊
聆听着天空与原野的动静
在每天的日出与日没
割除像座小山那样数量的草
冬天也穿着手工编织的麻
经过七十年
您的背比松还圆
您的手指冻僵
您的额头刻上了雨水和太阳
以及所有辛苦的图式
您的眼瞳比洞穴还空虚

这个原野和天空所有的相
您都了然于心
那些变化的方向
以及对那些作物的影响
譬如像风的语言一般
在您的喉咙被轻声呢喃
而且您的神情
今天是多么明朗啊
由于我祈愿丰收
所以完成了两千份施肥设计
那些稻子现在全都抽穗
只是在花也开了的最近这几天
因为连下了四天豪雨
以及今晨开始的这雷雨的关系
稻子东倒西歪
但只要明天或后天
见得到阳光就全都挺起来
大概也能得到期待的结果

若非那样　每个村庄
今年还得再迎接暗冬
由于在这雷声雨声之中
说话并没有意义
所以我只是默默站着
松和毛白杨的树林
冉冉飘曳着几缕云的尾端
几层堤岸的水
呈现灰色满溢着
而且在您的神情中
那没有任何不安的明朗
也没有您前年夏天
抬头仰望干旱的天空时的神情
我现在充满自信
要再去巡视村庄
当我要离去
您的额头上
一瞬间浮现了不确定之云

然后再次明朗放晴

要推测您那不确定之云是为何物

恐怕数以百计其原因

绞尽脑汁终究仍不可得知

师父啊 如果那不定之云

与　仅仅修习口耳之学

像鸟一般轻佻的我

有关系的话

师父啊　那就请使尽您的眼力

以您所有的听力

正视我的眼睛

倾听我的呼吸

即使穿着旧旧的白麻洋服

带着破破的丝绸洋伞

我仍然是

借由诸佛菩萨的护念

愿以我的生命护持

您每天早晨所持诵的

法华经寿量品[1]的人

那么　师父啊

何等的天鼓轰响呀

何等的光之净化呀

我默默地

向您行道别之礼

1.《如来寿量品》第十六，《妙法莲华经》第十六章。详见《宫泽贤治关键语汇小辞典》。

——和风吹遍河谷

稻子终于挺起来了

完全就是生物

完全就是精巧的机械

稻子全部一齐挺起来了

下雨时等待着的稻穗尖

现在开出小白花

红蜻蜓也翩翩飞舞在

静谧的琥珀色向阳处

啊

从南方　从西南

和风吹遍河谷

如果濡湿汗水的衬衫也干了的话

热烘烘的额头和眼睑也会冷却

借着所有辛苦的结果

七月的时候　稻子分蘖分得很好

预示了丰收的秋
但在这个八月的中旬
共计有十二天的红色朝霞
还有六天湿度九十度
导致茎秆萎弱且只是徒长
虽然冒出穗也长出花
但终究接二连三倒在
昨天的豪雨之中
在倒下的稻子上方
像是在吊慰似的冰冷的雾
在雨滴之中包覆着倒下的稻子
啊　大自然太令人意外了
而且太直率了
原本认为概率微乎其微
但那样可怕的开花期的雨
真的就从正面迎来
尽了力栽种的稻
很快全部倒下

但是另一方面

原本也认为几乎不会挺起来的稻子

却也由于一点点苗的做法的差异

以及施予磷酸的方法

今天竟然全部一齐挺起来了

从埋在森林的地平线

从蓝蓝闪耀的死火山列

风　掠过一整面稻田

还使得栗子树的叶片闪闪发亮

现在　清爽的蒸散以及

透明树液的移转

啊　我们在旷野里

在看起来像是芦苇般刚劲的沙沙作响的稻田里

即使像素朴的古代诸神那般

手舞足蹈　手舞足蹈　也不足以表达喜悦

“不要再工作了”

不要再工作了
丢掉铁耙吧
由于这半个月的阴天以及
今天早晨猛烈的雷雨
我设计肥料
负有责任的所有稻子
接二连三全倒下了
工作的卑鄙的情况
并非只存在工厂
特别是胡乱做事
来蒙混掩饰不安的
卑劣行为
　　……但是啊
　　西边黑色的死的群像又重新涌上
　　在春天

　　那甚至称作恋爱

　　不就是被那样认为吗……

好吧　那就先回去

打电话给气象站

完全做好不怕被淋湿的准备

把头绑紧之后出去

去面对一个个

脸色发青僵掉了的许多面容

热切地去鼓励农民吧

回答他们　不管用任何手段

我都会赔偿　走吧

4

《春天与阿修罗》第三集补遗

“会下的雨就是会下”

会下的雨就是会下
会倒的稻就是会倒
就算只有百分之一的可能性
现在出现在眼前
不管变成什么结果
我哪里都不能遁逃
　　……春天时不但看起来像是希望的行列
　　甚至认为是恋爱本身的
　　鼠灰色的云群……
丢掉铁耙
在这开花期
持续下的一百毫升的雨
是如何让那个设计倒下
睁大眼睛去看　走吧
面对许多紧绷的脸
以及责难的激动眼神
回答他们就算取得保险也会赔偿　走吧

5

诗笔记

创作期间：约为一九二六—一九二七

“今天是一整天明亮热闹的下雪天”

今天是一整天明亮热闹的下雪天
过午之后
又大又重的脚步声
好多次经过
我家周围
我每次都
自己告诉自己
是已经一年没有写回信的你来访了
然后　那完全是
你的还有我们的脚步声
那是因为
满满积在树梢的雪
落到地面了
若降雪　昨日中午的恶桧木
挺直站成菩萨姿

“排列出黑与白细胞的所有顺序”

排列出黑与白细胞的所有顺序

那细胞将之感受为那细胞本身

那是意识之流

而由于那细胞又是由许多电子系顺序形成

因此终究所谓的我 是我本身

作为我　来感受的电子系的某个系统

“无论被说什么”

无论被说什么
我就是树枝上充满了
亮晶晶的水珠
冰冷的水滴
以及透明雨滴的
年轻的山茱萸树

“辛夷花开”

在辛夷花开

云一片片飘着的

这巨大的海参山[1]的边际

有一个红色的擦伤

那正是我也有参与制作花坛的

花卷温泉的游乐园

1. 形状像海参的山。

一寄予学生诸君[1]

断章一

这四年来

我不知有多快乐

我每天

像鸟儿似的在教室歌唱度过

我发誓

我从不曾

由于这工作感到疲累过

断章二

（他们全都离开我们了

他们只有好的遗传和出身

以及所有的设备和休养

但这里只有汗水以及大风雪间歇期间的

扭曲的时间以及粗野的向导

1. 本诗是尚未完成的作品。

他们拥有一百的速度
我们连十的力量都没有
什么会从这黑暗拯救我们呢
燃烧所有的疲劳和烦恼
改变所有愿望的形态吧）

断章三

像新鲜的风　像清爽的星云
透明的愉快的明天会来临
诸君啊　深蓝色的北上山地的某个棱角
迅速改变其形状
原野的草突然倍增其高度
新的树木和花的群落
……

断章四

诸君啊　当深蓝色的地平线膨胀升高之时

诸君希望沉没其中吗

事实上诸君必须是那地平线上

所有形状的山岳

断章五

……

来

那是一束被送来的光线

是被决定的南风

诸君希望被这个时代强迫 被率领

像奴隶一样忍耐屈从吗

诸君啊　你们反倒要创造出更新更正确的时代

宇宙不断地依据我们而变化

潮汐和风

借着用尽所有自然的力量往前进一步

诸君在形成新的自然上面必须努力

断章六

新时代的哥白尼呵

从太沉重的重力法则

解放这个银河系统吧

新时代的达尔文呵

要去搭乘挑战者号

也要去到银河系以外的空间

展示给我们看 更透明深刻且正确的地球史

以及被增订的生物学

甚至可以冲动地行动

将所有的农业劳动

借由冰凉透明的解析

和那蓝色的影子一起

提升到舞蹈的范围

拥有资质的诸君应该全心专注于刻画出这些

根据粗略的统计

诸君里面至少必须有一百个天才

断章七

新的诗人呵

从暴风雨　从云　从光

获取新的透明的能量

暗示人与地球所应该采取的形态

新时代的马克思呵

将这些借由盲目冲动而运作的世界

改变为绮丽优美的构成

诸君难道没有感受到这个飒爽的

从诸君的未来圈吹来的

透明的清洁之风吗

断章八

如果仅从今天的历史和地球史的资料来论说

从我们的祖先乃至于我们

所有的信仰与德行甚至看起来仅仅只是从误解产生

而且科学到现在仍旧阴暗

只向我们保证自杀与自弃

谁比谁如何

谁的工作又怎样

有谈论那种事的时间吗

来吧　让我们团结一心

……

6

口语诗稿

会见

（这刚毅的颊骨
果真是古时野武士的子孙
英勇的自耕农）
（儿子总常提起的技师
就是这个男的吗
以为身体更加强韧
什么都会做
但是以这样的条件要干农夫
辛苦的工作绝不可能
乖乖在镇上领薪水就好啦）
（如果彼此盯着对方的眼睛看然后站起来
渐渐地对方就会丧失人的分子
感觉像是鹿或什么图腾
也像山伏天狗[1]）
（大家把米啊味噌等等

1. 山伏是在山中苦修的人。天狗则是传承自日本民间信仰，传说中的生物，其装束类似山伏的装束。

带到寒泽川
晚上就在河边平原起火过夜
想把很多山菜当作礼物让他背着带回去
但他也完全办不到）
（对方的眼睛在笑
被征召去当炮兵的时候的
苦涩笑容的一个片段）
（吃味噌汤吃味噌汤
在台湾要渡过黄色的河川
或是天气闷热的时候
不管再怎么麻烦
在后勤部都会让我们吃味噌汤）
（终于把眼睛移开了
像平清盛一样凛然站着
定睛眺望南方的地平线）
（本来现在的村庄
能借的就全借
负担只有年年增加

仅靠两成或那儿的收益
谁都没办法过下去
就算勉强努力反而全都不行）
（眼神寂寞哀怨
什么都完全了解，
见到那样寂寞的神情
我的心情也只是蓝黑而沉重
事实上我们两人就像是
由于远征而累瘫的兵士
默默地远眺云和苹果花）

7

疾中

创作期间：约为一九二八年之后

—用眼睛说

不行吧

停不了啊

因为咕噜咕噜地涌出来

因为从昨晚就没睡　血也持续流出来

那儿一片蓝蓝且寂静

好像真的没多久就要死了

但是多么好的风呵

因为近清明

才会像那样从蓝蓝的天空

涌现似的吹来美好的风呵

在红叶的嫩芽和像毛一样的花

卷起像秋草似的波浪

有烧痕的灯芯草草席也是蓝色的

不知您[1]是不是从医学会回来

身穿西式礼服大衣

1. 主治医师佐藤长松博士。

如此认真地为我做各种处置

我即使就这样死去也不会有怨言

尽管血正在流

还能如此优哉且不痛苦

会不会是因为魂魄有一半已经离开身体了呢

只是好像由于血的关系

没办法说出那个感觉　真糟糕

从您那边看起来　大概是相当凄惨的景象

但我能看到的

还是只是美丽的蓝空以及

透明澄澈的风而已

8

补遗诗篇Ⅱ

“不输给雨”

不输给雨
不输给风
也不输给雪和夏天的酷热
拥有强健的身体
没有欲望
绝不发怒
总是静静微笑着
一天吃四杯糙米
味噌和少许蔬菜
所有事情都不考虑自己
好好看仔细听并且去了解
然后不忘记
住在原野的松树林荫下的
小茅草屋
若东边有生病的小孩

就去照护他
若西边有疲累的母亲
就去替她扛稻束
若南边有濒死之人
就去告诉他不必害怕
若北边有人吵架或诉讼
就告诉他们没意义　算了吧
干旱时节流泪
冷夏时慌乱地奔走
被大家称作木偶
不被称赞
也不让人感到苦恼
我就是想成为
那样的人

月天子

我从孩提时代

在各种杂志和报纸

看过很多月球的照片

它的表面被凹凹凸凸的火口覆盖

还清楚看见太阳照射其上

之后也学到　那里非常冷

以及没有空气

我还看过大约三次月食

地球的影子映照其上

清楚看到影子滑过去

接着认知到　月球大概是由地球分离出去的天体[1]

最后由于稻作气候的关系　我与月亮变成熟人

在盛冈测候所的朋友

—— 以毫米径的小望远镜

给我看月球的天体

1. 可能与达尔文于一八七九年提出的“分裂说”相关，此说认为月球是从地球分裂出去的物质形成的。

还告诉我月亮的轨道和运转
是随着简单的公式的这件事
而且　哦
我将那天体称作月天子来敬慕
终究没有任何不妥
那就像　如果说所谓人指的是人的身体
那样说就错了一样
要不然就说所谓人
指的是　身与心
这样说也是错的一样
再不然　如果说人就等同于心
还是错谬一样
因此我将月亮称为月天子
这也不单是拟人

—某个恋情

什么呀　这眼睛　这可是看了数十年的眼睛

是昨天今天都问答了的眼睛

对方也在定睛看着

那完全是清纯灵魂的本身

9

歌曲

一巡星之歌

红眼珠的天蝎
鹫的展翼
蓝眼珠的小犬
光之蛇的曲卷

猎户座高歌
咏落露与霜
仙女座大星云的云
宛如鱼嘴形

大熊的脚往北
延伸五倍之处
小熊的额头上方
就是星空巡回的中心指标

10

文语诗

（誊稿于一九三三年夏天）

—五轮峠[1]

取名五轮峠　乃因地轮水轮与火风[2]
（点点散缀着雪之岩与松）非因山有五座之故
阳光旋烁之黑云　细细巡回风之道
生苔古塔之彼方　辽辽绿野也降霙

1. 岩手县境内的山名，详见《宫泽贤治关键语汇小辞典》。《春天与阿修罗》第二集里也有一首同诗名的口语诗。
2. 原诗没有写出“空”轮。

—流冰

赤杨高高的树梢　亮闪闪飘落冰花
火车正轻微摇晃　驶过北上川之晨

远眺河阶台地之雪　河川平缓起伏
和着天青石之水　乘载了千百流冰

啊　你所瞭望的尽头　天空纯蓝而澄澈
曾誓言长相守的那小城　烟缕已远

一片大风雪刮进
南边大原野尽头

阳光白闪闪地在水底燃烧
流冰晴朗远去

“河川白花花地交会”

走在河川白花花地交会　并激溅起泡沫的河畔
天空的光芒　仿佛在责备因病而疲累的我

有宿世胡桃与赤杨球果的　裂缝的绿泥岩上
映照出我虚弱影子　卑下的鬼的模样

苍茫夏风　翻飞草之绿
也吹过到处散生的芦苇丛　编织出奇异的文字

混浊的河水无止无尽　激越地潺潺流去
洗濯着我求生不能　欲死亦不得的影子

一乌鸦百态

在覆雪的田埂上
络绎而行的乌鸦

在覆雪的田地曲身
嘎嘎叫两声的乌鸦

在覆雪的田地里
低头啄雪的乌鸦

在覆雪田地昂首
环视周遭的乌鸦

在覆雪田的雪上
摇晃走路的乌鸦

走尽覆雪田地
啄着雪的乌鸦

在田的雪之高处
张开了嘴的乌鸦

把喙埋进雪田里
一动不动的乌鸦

从雪田的枯田埂
轻快飞起的乌鸦

宛若掌舵雪之田
优哉飞翔的乌鸦

陆续从覆雪田地
往西飞去的乌鸦

被留在雪的田地
张开着脚的乌鸦

往西飞的乌鸦群
恰似芝麻的模样

一祭日（二）

阿拉卢拉吕拘拉吕[1] 梧桐花困困地开着
流行病传到峡谷村落

拉吕拘拉吕阿离拉离　拿着红旗子
越过草的山巅的母亲们

拉离楼拉离阿拉卢　佛堂的微光
向毗沙门像[2] 奉献味噌

阿拉卢拉吕拘拉吕　天的邪鬼被驱踏
筒鸟鸣遍四方

1. 引自《法华经 · 陀罗尼品》第二十六中，毗沙门天王怜悯众生所唱诵的陀罗尼咒。以下同。
2. 现今花卷市东和町北成岛的“毗沙门堂”境内，有毗沙门天王的立像，也有此诗的歌碑。贤治作品中出现的毗沙门天王，大部分应源自这里。

〔全书完〕

〔解说〕“得创立一所大学才足以研究贤治”

贤治挚友藤原嘉藤治先生（一八九六—一九七七）生前从未正式写过有关贤治的文字，他说：“我和宫泽贤治差别太大了。要谈论宫泽贤治必得由拥有仅次于贤治的体验、学识、洞察力的人，或是拥有仅次于贤治的水准价值的人来谈，才能明了贤治的真相。我虽然与他共处十三四年，但还是不够资格。”

多年知己尚且如此，如我辈者何能解说？

并且，有些贤治的诗对外国人而言就像是藏在锁了两道密码的宝藏箱里的宝物，我试着解开第一道，将解开第二道的乐趣留给读者。因此这篇导读并不是要去解开所谓第二道密码，而是从侧面提供有关诗人宫泽贤治及其诗作的背景，还有分享个人读贤治诗的管窥之见，以及穿插披露一些盛冈和花卷的贤治文学之旅期间与译诗相关的幕后花絮，愿对读者进入贤治诗的世界有所助益。

宫泽贤治何许人也？

有关贤治的生平概要，已整理在附录的“年谱”，而且年谱里也有附加一些小逸事，这里就贤治的成长背景加以说明，并依时间顺序组合他的生平故事，希望建构出立体而有亲近感的人物形象。

贤治生于一八九六年（明治二十六年），就在他出生的前两个月发生了震源在岩手县外海的三陆大地震海啸，两万多人死亡，且出生第五天又发生里氏 7.2 级的陆羽地震，在这么大的天灾前后能够平安出生与成长，若与日后“不输给雨”成为祈愿支持东北地方复兴的象征，还有他对家园的农民鞠躬尽瘁死而后已的燃烧奉献两相对照，冥冥之中似乎有着奇妙的巧合，仿佛他生来就是要守护自己热爱的家乡。

而贤治生年一八九六年是甲午战争结束的次年，日本在各方面都开始蓬勃发展，文坛当红的有夏目漱石、森鸥外等，同时正值日本儿童文学重要杂志《红鸟》（赤い鸟，一九一八—一九三六）创刊与兴盛期，宫泽贤治就是生长在这样的时代背景之下。有生之年虽未获得主流文坛全面性的青睐，但得到少数慧眼之士的极力推崇，是日本文学史上自成一格最为独特的作家。

贤治家乡岩手县的美丽大自然是极为重要的素材与源泉，“译序”里提到贤治诗有一部分是即景生情，有不少诗赞叹歌颂岩手县大自然或由景物产生哲思，若没有这些景如何生情？举凡盛冈附近的岩手山、小岩井农场、四面环山平坦辽阔的花卷近郊等地都令他流连忘返，即使是现在，从新干线新花卷车站一带也能够遥望远山辽阔美好的田园风光，如此的自然环境与风土是孕育他的人与作品极为重要的滋养与基底。

据学生与亲友形容，贤治的皮肤白皙相貌温和，非常聪明，脑中常常有各种点子。他从小就是一个有慈悲心的孩子，虽然家境富裕，仍然觉得自己“在这个乡里被称为财阀、社会的被告……”对穷人怀有愧疚感，例如家里开当铺，若是贤治看店，客人就算拿不值钱的东西上门典当，贤治也会给钱，若父亲提出异议，他就说："我是因为看到人家有困难才给钱，我们家经济又不困难，所以利息也不要计算了吧！"另外，虽然他是虔诚的佛教徒，但是不会一见人就传教，吃素也都尽量不麻烦人。

他作为教师也是自成一格：教学着重启发，唤起学生自觉，且常常和学生愉快地玩在一起。据学生回忆，喜爱音乐的贤治会随着唱片的旋律忘我地跳起舞来。他最喜爱贝多芬和巴哈，自称一听到音乐，脑中就会浮现许多逼真的情景，感受力想象力极为敏锐丰富。例如某夜他看到学校前面的麦田在月光下闪闪发光，就突然跑出去，将近一小时以后，回来对人说："啊，好累，但是在银色波浪里游泳，真是舒爽！"

平日脖子上总是挂着自动铅笔，以便将所见所思记录到手札，有时连走路也忙着写他的心象素描，若没有在写，则常边走路边低头沉思，专心到让人觉得他是不是会撞到人，但是外出走路或登山时脚步却极快。

贤治的亲戚关登久也先生在《宫泽贤治物语》里提到，有一次和贤治一起去观赏祭典，只见贤治在游行队伍快接近时赶紧拿起挂在脖子上的自动铅笔，同时取出手札等着，待队伍一来到面前，马上迅速地像一只豹似的奋笔疾书，从那速度看起来，不晓得记录下来的是文字还是神的启示，写着写着，贤治忽然叫了一声："糟了！"原来铅笔断了，等贤治再度备好笔，队伍却已经离去，这时贤治松了一口气说："啊，今天没写成。"《东岩手火山》一诗里"铅笔的

笔套发亮　手指的黑影迅速移动”就是在描写他写心象素描的模样。

罗须地人协会时期，凡受邀到农民家开讲，为免增添主人麻烦，连茶水都婉拒。尽管他一心只为农民奉献，别无所求，却有少数人认为贤治只不过是富二代，以一位离职老师之尊能做什么农事，但贤治对此虽然难过却未停止他的付出，还做更多努力来让农民们知道他愿意成为一个和他们一样的真正的农夫，要和他们在一起同甘苦。

例如有一回母亲去探望他，天色暗了要他休息吃晚饭了，贤治却说："只要附近的农田还有一个人在工作，我就不能先休息。"

家人后来知道他的饮食极为随便粗糙，有时几片油豆腐就充当两餐，有时白饭配酱菜或盐巴或味噌，母亲担心他的健康，有一回让贤治妹妹带他爱吃的红豆面疙瘩去给他，贤治看到却马上翻脸，严厉地说:"请带回去，以后绝对不要再这样了！"妹妹只好带回家，一回家就哭了。（读到这里，会觉得贤治真是不近人情啊。）隔几天妈妈专程来看他，一边哭着一边说妹妹回家哭了的事情，贤治却说："哭的人岂只是妈妈和妹妹，妹妹走了以后，我也一个人大声哭了，但我已经下定决心自力更生，以后请千万不要再那样了！"

就这样一个人在罗须地人协会奋斗了两年左右，终于因为过劳和营养不良病倒，只好返家休养，慢慢恢复体力之后，选择了为"东北碎石工场"推销石灰的工作。因为石灰可以中和酸性土壤，对农民来说是好事，因此在担任东北碎石工场技师的时期拼命工作，此所谓拼命，不是副词而是动词，因为最后有一回他提着内装四十公斤重商品样本的大皮箱，不顾母亲的劝阻坚持要到东京出差，果然舟车劳顿，一抵达东京就一病不起，在东京的旅馆写下遗书，在父亲的命令下返回花卷。在离世前两年的居家休养期间持续写稿改稿并创作文语诗，妹妹回忆起大哥在这段期间曾对她说："就算什么都是徒劳无用，至少我还有这个（文语诗）。"

一九三三年九月二十日时贤治已患急性肺炎，晚上七点左右，有一位想请教贤治肥料设计的农民来访，家人原本拒绝，但还是通知了贤治，贤治说那是很重要的事，坚持下楼见客，端坐指导约一小时，家人虽然很担心，但不能插嘴。好不容易等农民告辞，弟弟清六抱着身体热热的哥哥上楼休息，贤治说："今晚的电灯好暗啊。"当晚还指着堆积如山的稿子，告诉弟弟："这些稿子交给你，如果有哪家小书店来谈，也可以发表。"

离世当天上午十一点半，父亲问他有什么话要交代，他很安详地说："书橱里有诗和童话的原稿，那是我迷惘的痕迹，不必出版。但我要请父亲印制一千本国译《法华经》，分赠给知己友人……其他的我会再起身自己详细写。"就这样，到下午一点半往生之前再也没有起身。

深入了解贤治的一生之后，脑中浮起诗中反复出现的"燃烧"（燃える）二字，仿佛他的胸中总有一把火，驱策着他必得燃烧自己来照亮别人，也想起《银河铁道之夜》里燃烧自己以照亮黑夜的蝎子。就像这样，若我们依据贤治生平所言所行，总会归结得到一个清高神圣的伟人形象。

但是依据宫泽和树先生转述祖父宫泽清六先生所说，其实不全然是那样。和树先生认为贤治本人的个性开朗活泼又风趣，还证实贤治戴着帽子穿着长大衣低头看地面那张照片，其实是在模仿他所喜爱的贝多芬，并特别请家里开照相馆的学弟带营业用照相机来帮他拍摄。所以贤治本人应该不希望被视为圣人伟人，而是一个有血有肉有烦恼的人。以下要介绍的贤治的诗，就是可以了解所谓“贤治的烦恼”的创作文类。

贤治诗概要

贤治诗大致分为短歌、冬之素描、《春天与阿修罗》出版本、《春天与阿修罗》第二三集（从《春天与阿修罗》第二集以后皆未出版）、手札、笔记、各种口语诗稿、俳句、连句、歌词、世界语诗稿、文语诗等等，其中比较重要且被探讨较多的是生前出版的唯一诗集《春天与阿修罗》，再就是《春天与阿修罗》第二三集，近年来文语诗也渐受重视，然后是其他类别。

因此本诗集译出大部分的《春天与阿修罗》，其他项目则斟酌采选较著名或是对于理解贤治有帮助的作品。以下会另起章节说明与赏析最主要的诗集《春天与阿修罗》和最出名的作品《不输给雨》《永诀之朝》。

有关贤治诗的思想背景或写作手法等可参照《宫泽贤治关键语汇小辞典》，这里补充说明贤治生前一再强调的“心象素描”。如《宫泽贤治关键语汇小辞典》的说明，心象素描是一种谦虚也是一种自负，尽管贤治对于写成的作品于日后一再推敲改写，但是若加上亲戚关登久也先生对于贤治写诗方法的描述，那如神启般的文思泉涌，如豹般的写作速度，心象素描其实也是一种事实描述，不啻是传神的名称。

接着说明贤治在诗中的用语。我们知道贤治专攻农业科学，也知道他从小喜欢收集石头，观察矿物，所以科学用语、各种石头对他而言是非常熟悉的，因此科学用语频繁出现在诗里以及直接以各种石头名称当作形容词来修饰名词就不足为奇。

他又是一个喜爱思考、阅读广泛的人，中学之前都是成绩优秀的学生。到了中学虽然不太读教科书，却已经开始读同龄的学生都看不懂的哲学书，上了农学校之后更加用功，重要的是，他一生都对学习这件事保有高昂的热情，诗中展现出融会贯通了各种知识的惊人博学就是由于这样的积累。

另外，他的感受力极为敏锐，我们可以从诗中频繁出现的，多样的颜色与光线，还有许多破格不羁却又精准传神的形容与比喻看出来，特别是对于光、云、风等自然现象的描写非常之多。

再来简单说明《春天与阿修罗》以外的诗或其翻译缘由。

口语诗稿《会见》的翻译缘由，是由于我在读中公文库的《日本诗歌 18　宫泽贤治》时发现此诗提到台湾，顿时倍感亲切。当我读到“在台湾要渡过黄色的河川　或是天气闷热的时候”，浊水溪以及台湾的酷暑的景象立刻浮在眼前，尽管台湾不是此诗重心，但这恐怕是宫泽贤治与台湾唯一有关联的地方，所以将之纳入诗集里。

《巡星之歌》是歌词，同时也有贤治创作的歌曲，旋律结构单纯但非常优美清朗，极符合那广阔无边的星空的歌词意境。

而贤治晚年集中心志创作文语定型诗，借由将口语自由诗的旧作大幅修改为文语定型诗来回顾整理自己的一生，诗风由主观与意气转变为客观与沉淀。从他对妹妹说“就算什么都是徒劳无用，至少我还有文语诗”可以知道，最后时期的贤治对文语诗的寄望甚高。他努力创作文语诗并誊稿直至去世的前一个月，完成了“文语诗稿五十篇”和“文语诗稿一百篇”，形式是五七调或七五调，字数整齐，使用古语，也使用押韵对句汉诗的方法，称为“双四连”，内容大部分是将过去已写成的短歌、口语自由诗文语化，整体而言有客观化、虚构化、生活化的倾向。

本诗集收录的文语诗中有一首《乌鸦百态》，其翻译缘起是由于我去参观宫泽贤治伊哈托布馆（宫泽贤治イーハトーブ馆）时，当天一楼刚好有版画展，我看到一幅以《乌鸦百态》制作的版画，那栩栩如生的乌鸦群令我难忘，而且原诗的确将每一只乌鸦描写得跃然纸上，乃决定将该诗纳入，翻译时也特别留意中文字数的工整。

还有一首文语诗《祭日（二）》也有翻译缘由。当我去花卷时，留意到观光地图上标记了“毗沙门天立像”，遂驱车前往，目的是要亲眼瞧瞧童话《滑床山之熊》里所描述的小十郎的手到底有多大，因为《滑床山之熊》里形容小十郎的“手掌就像是北岛的毗沙门为人治病的手形那样大且厚”。当我怀着满满的好奇心进入毗沙门堂境内，还没见到毗沙门天立像就先看到《祭日（二）》的诗碑，而且为了信徒方便，诗碑旁边就建造了一座小小的“御味噌奉纳堂”，供奉着毗沙门天的足部，原来当地自古以来就有在毗沙门天的足部涂味噌来祈求安康的习俗，这就是《祭日（二）》中“向毗沙门像奉献味噌”的背景。而在离诗碑不远处，有一间以前供奉毗沙门天立像的旧堂，佛桌上供奉着一只木制的毗沙门天的手，一旁的解说文上说明，只要用这毗沙门天的手碰触病痛处就有疗愈效果，我就入境随俗恭谨地拿起来，轻轻碰触我过度使用鼠标键盘而微恙的手腕以及久坐桌前僵硬的臂膀，其时我也豁然开朗，终于了解《滑床山之熊》里有关“毗沙门为人治病的手形”的描写，原来毗沙门是这样为人治病。至于造访初衷的那个疑惑，当然也得到解答，毗沙门天的手真的很大，大约是一般人的两倍长、三倍厚。

《春天与阿修罗》

一九二四年贤治担任农校教师，期间《春天与阿修罗》是他生前自编出版的唯一一本诗集，从一九一八年左右开始构思，是集中于“序”中所言的“从一九二二年一月起的二十二个月内”创作出来的心象素描。已出版本在每首诗名的下方都注明写作日期。贤治原本希望的封面颜色与质地花纹是钢铁色的布质粗纹，后来因为材料的关系没能如愿。我想那是“阿修罗”的颜色，因为在《春天与阿修罗》诗中有“从心象的灰色钢铁……我是一个阿修罗”，另外《东岩手火山》中也有“我现在看起来应该像一个　有着铁灰色背影的阿修罗”这样的诗句。

日本近代著名诗人高村光太郎说：“胸怀宇宙者，无论身处多么偏远处，总是能超越地方性而存在。内心没有宇宙者，无论身处多么核心的文化之地，也只是一个地方性的存在。岩手县花卷的诗人宫泽贤治就是罕见的胸怀宇宙的人。他所谓的伊哈托布，就是借由内心的宇宙所表达出来的这世界全部。”

同时形容《春天与阿修罗》是“诗魂庞大，亲密且泉源性的一个宇宙的存在”。

一九二四年《春天与阿修罗》出版，当年七月的《读卖新闻》刊载了具有慧眼的思想家兼翻译家辻润（一八八四—一九四四）激赏贤治的文章。他说：“时代与流行与人气如何和他一点儿关联都没有。宫泽贤治是哪里人、几岁、是做什么的人我完全不知道……我拥有区别真品和赝品的自信……这位诗人至为独特。艺术就是独创性的另一个名称，其他都是从模仿得来的……如果我今夏要去阿尔卑斯,就算忘了带走《查拉图斯特拉如是说》,也不会忘记带走《春天与阿修罗》。”

当年，诗刊《日本诗人》的十二月号也刊出诗人佐藤惣之助对《春天与阿修罗》的推荐文：“这诗集最令我惊艳。因为他的诗完全没有诗坛一般使用的语汇。不，连文学书籍上的任何一个辞藻都没有。他用气象学、矿物学、植物学、地质学写诗。奇特、犀利、冷静，无可比拟。是大正十三年度最大的收获。”同时勉励新进诗人要有宫泽那样的原创性。

而后来在让世人了解贤治作品方面不遗余力的草野心平，当他第一次读到《春天与阿修罗》时就知道宫泽是位不可小觑的人物，大为惊艳且感动。他说："虽然我不可能懂那些科学用语，但即使不懂还是觉得了解了。其中一个原因是，因为那些科学用语并不是他在写诗的时候从字典里抽出来用的语汇，而只不过是像葱啦、桌子啦、和尚等一样活在他的观念和生活里面的日常用语。而那风格奇妙地拥有一种异国情调的魅力。"

正如《宫泽贤治关键语汇小辞典》里所说明，"阿修罗"常怀妄执，嗔恨，易怒好斗，但是对照他一生利他的行为，会对他如此自况感到疑惑。我认为这与他纯粹善良的心以及自我要求高有关，因为他充分了解真如（まこと）的理想境界，才更容易对达不到理想境界时候的自己失望，进而产生深切的苦恼，因为他一心求道，所以当人性与佛性两者之间摆荡的振幅越大苦恼就越深。"春天"，是眼睛所见的美景也是前述的理想境界，"阿修罗"代表欲望、不安、矛盾、达不到理想时对自己的失望与批判，《春天与阿修罗》就是对"春天"的赞颂，倾吐"阿修罗"自我批判的痛苦，描述"春天"与"阿修罗"对立时所产生的苦恼的记录。

人在每个阶段所关心、思索的事物的重心会改变，同样，贤治诗的诗风也随着不同时期而有所演变。

贤治在创作《春天与阿修罗》出版本的期间可以说是处于生活等各方面都安定的状态，虽也有单纯写景的诗作，整体而言较为抽象充满深刻哲思，多偏内心独白，但自其中最后一首《冬天与银河车站》开始，可以看到诗人的目光开始扩及大众，纳入社会视野，同时从《春天与阿修罗》第二集以后，其遣词用字及内容也有渐渐平易浅白的倾向。

《春天与阿修罗》第二集的创作期间正如其“序”中所言，是由在农学校就职的后两年的手记集结而成，因此大约是在一九二四年到一九二五年之间，与《春天与阿修罗》同样是经济、健康等各方面都安定的时期。虽然没有达到付印的地步，但是已经统整成册，封面注明着“心象素描 春天与阿修罗 第二集 大正十三年／大正十四年”，每首诗也都附加详细的日期。大体上，诗风与《春天与阿修罗》近似，但是比较明朗也较有现实感。

《春天与阿修罗》第三集主要收录的是从一九二六年到一九二八年的诗作，与第二集相同，虽然未付印，但也统整成册，封面注明“春天与阿修罗 第三集 自昭和元年四月至昭和三年七月”，每首诗一样附加详细的日期。这段时间就是独力开创罗须地人协会，为农民奉献，在生活、精神、经济等方面都艰难的时期，因此与前两集的诗风有颇大的差别，文字与内容变得浅白，刻画出现实生活的艰难与挫折。

《春天与阿修罗》第三集里有一首《飨宴》，其末尾出现了难解的方言，于是我决定借着造访花卷的机会伺机请教当地人。很幸运，造访“不输给雨诗碑”附近的“同心屋敷”（江户末期建造的历史建筑）时，当天有免费奉茶活动，有一位当地农夫老伯伯刚好带来自己栽种的刚烫好的毛豆，要给值班的老奶奶们享用。老奶奶们就招呼我喝茶吃毛豆，老伯伯种的毛豆是我所见过最大颗的、吃过的毛豆里味道最香甜的。我边享用毛豆边抓住机会赶紧拿出诗集请教那处方言，他很腼腆地说自己没学问啦，但经我恳求他终于说大概是这个意思，所以这处方言是托他的福才顺利译出来的。返台之后，那呼吸伊哈托布的清爽大气，吸收伊哈托布梦土的养分而茁壮成长的毛豆的鲜甜仍令我难忘，而我竟将栽种毛豆的老伯伯与《原野的师父》的形象重叠在一起了。

《不输给雨》

贤治诗中最闻名的《不输给雨》，它其实是贤治于去世前两年左右居家休养期间写在手札上的自我期许，因为他生前没有誊稿，更没有预定公开发表，因此与其说是一首作为文学作品的诗，精确地说是纯粹为自己写的，心中的理想境界。这本手札是在贤治去世的隔年才被发现，当时贤治的至亲好友们约在东京聚会，贤治的弟弟清六先生带了贤治生前使用的大皮箱与会，席间有人无意中在这个大皮箱的袋子里发现了这本手札。

此诗是贤治去世前在病中吐露对自己的身心两面的期许，是他人生最终的最悲切的愿望与理想，因为真诚直白所以有力，因为精神可佩所以流传。

与贤治生长于同时代的著名哲学家谷川彻三先生（一八九五—一九八九）生前大力赞扬贤治与此诗，且预言，日本近代有许多文学家和贤治一样去世后才成名，但是没有一位会像贤治一样随着时间的经过越来越有名，还认为贤治是松尾芭蕉以来最卓越的诗人。

而另一方面，宫泽和树先生在与我面谈时强调，《不输给雨》是贤治的理想与自我期许，并不是贤治已经达到的境界，世人不必把贤治圣人化伟人化。

本诗很浅白应不必多做解释，仅就几处细节说明。

首先是诗名。正如前述，这首诗原本写在手札，因为并不是一首想要发表的作品，所以当然没有诗名，是世人取第一句权充诗名。因为第一句就是“アメニモマケズ”所以这句就成了诗名。“アメ”是“雨”,“ニモ”是助词,“マケズ”是“不输”的意思,原本译成“不畏风雨”，觉得比较有力且有诗意，但翻译这本诗集的原则是忠实与易懂，所以先剔除“风”字，接着就“不输”与“不畏”做取舍，后来想想“不输”“不屈服”和“不畏”“不害怕”还是有微妙的差别，最后决定依照原来句子直译。

接着说明一下容易误会的地方，原文“玄米四合”的“四合”不是四碗，因为“合”的容积大约相当于我们现在煮饭用的量米杯的“杯”，而一杯生米大约可以煮出两碗饭，所以“玄米四合”大约相当于“四杯糙米”或是“八碗糙米饭”。

另外，“アラユルコトニ　ジブンヲカンジョウニイレズニ”这句里的“カンジョウ”这个单字的日文汉字,不是“感情”而是“勘定”(计算、考虑之意),所以译成中文就是“所有事情都不考虑自己”。

最后说明诗中“冷夏时”为何“慌乱地奔走”。对于身处亚热带，每年都得忍受炎炎酷暑的台湾人而言，如果真有“冷夏”的话就太好了,但是日本东北地方的“冷夏”可是会严重影响农作物收成,一点都不妙,日本东北地方的太平洋沿岸,初夏会吹来湿冷的东北风,而且伴随着雾和雨,若持续太久,在农业技术还不似现代发达的时代曾因此导致饥荒,诗中的“冷夏时慌乱地奔走”就是基于这样的天候背景。

《永诀之朝》

《永诀之朝》的知名度仅次于“不输给雨”,收录在《春天与阿修罗》中,是标题为“无声恸哭”诗群(共五首,本诗集译出四首)的第一首,其后两首分别是《松之针》和《无声恸哭》,这三连作是在描述妹妹敏子去世当天的情景,我于二〇〇三年发表了此三连作的中译与赏析在《笠》诗双月刊二三三号(二〇〇三年二月),从那时就感动于回荡在此诗中真切而深刻的情感。

敏子从小聪慧过人,在故乡花卷是出了名的才女,由于和贤治只差两岁,所以从小感情亲密,及长,还帮哥哥的诗作誊稿,以及一同参加《法华经》的读书会,在信仰方面是最早认同贤治的家人。自日本女子大学毕业后,一九二〇年九月开始担任母校花卷女学校的教师。

一九二一年九月吐血后离职在家疗养,一九二二年七月移到祖父建造的下根子别墅疗养,直至十一月十九日回到丰泽町的家。但是家中疗养的房间窗户很高,没有别墅的采光那么好,到了秋天又冷,总是挂着蚊帐,摆着屏风,以免风从缝隙钻进来,所以回家疗养以后还是很怀念阳光充足树木环绕的别墅。因此十一月二十七日临终当天发着高烧，才会特别拜托哥哥取雨雪进屋里给她，希望至少在咽下最后一口气之前还能再接触一次大自然。

敏子将要往生时，贤治在她耳边唱题《南无妙法莲华经》，敏子像是有感应似的点了头。敏子死后，贤治将头伸入和室的被橱，叫着“敏子！敏子！”大声痛哭，没多久就把敏子的头放在膝上，帮她梳理久病凌乱的头发。第二天清晨，二妹瓯希葛子梦到敏子，走在寂寥的原野要摘花，看到对面长发垂肩的敏子走过来，敏子看到瓯希葛子就说:“黄色的花呀　我也来摘吧。”这个梦有被写进《青森挽歌》里。

在中文和日文的字典里,“恸”的意思都是“过度悲伤,太悲伤”，我想“无声”的悲伤远比有声的悲伤痛苦而深沉，那是无法以言语或任何声音能够表达与形容的悲。

《永诀之朝》中，敏子说，“重生为人时　不再如此　只为自己的事痛苦”，其实是在回应父亲的话，因为父亲见到女儿如此受苦，心疼地告诉她：“敏子，一直生病很痛苦吧，下辈子转世可别再投胎为人！”虽然父亲这段话没有被写进诗中，但贤治将妹妹去世当天的情景，还有妹妹在此生与父母和哥哥最后的对话和情感交流融入这三首诗中，再加入自己最真实最深刻的感受，才会如此感人。

曾有人说，得创立一所大学才足以研究贤治，我想这所大学至少必须有文学院、农学院、理学院、艺术学院、外语学院……而相关的研究专书和论文的数量难以数计，探究一首诗的一个方面就可以写成论文，甚至连不知名的短诗在网络上也几乎都搜寻得到讨论，有关贤治文学的研究，日后若有机缘再容我细细介绍。

尽管力有未逮必不周全，仍然在这里举出贤治诗吸引我的地方，单纯分享我作为译者坦率真诚的感想。

清明的哲思

贤治喜欢思考“我”。

不管是《春天与阿修罗》的“序”里对“我”直观式的定义,《春天与阿修罗》里深切自我批判的“我”，还是《排列出黑与白细胞的所有顺序》中，脑神经科学式地分析“我”，都可看出贤治对于探索“我”的兴趣。

《春天与阿修罗》的“序”里这段话就是吸引我翻译贤治诗的主要动机之一。

所谓　我　的这个现象

是被假设的有机交流电灯的

一抹蓝色照明

随着风景以及大家一起

忙忙碌碌地明灭

就像是真的继续点着的

因果交流电灯的

一抹蓝色照明

诗人没有说“我”是人子，是农校教师，是作家……更不会说“我”就是名片上的头衔，他完全清楚终将消逝的躯体、身份、头衔等等都不是“我”，所以只轻轻道出：“我”，是一个现象，是一抹照明。

李白说：“夫天地者，万物之逆旅也；光阴者，百代之过客也。而浮生若梦……”天地只是借我们暂住，时间的流逝就像匆匆过客永不停驻，一生恰如梦幻泡影，“我”的肉身虽然真的实际存在于某一段时空，虽然“我”是花卷人，是农校教师……但，这就是全部的真正的“我”？把这些人世间的身份头衔称谓全部列出来就足以说明所谓的“我”？就足以解释“我”的存在吗?

所以他用若有似无的“现象”“照明”来呈现“我”，更说“就像是真的继续点着”，进一步弱化这抹“照明”的存在感。这样的说法不但描述了“我”这个肉身来走一遭终究是梦幻的事实，还巧妙点出“我”存在于过去、现在、未来的可能，因为既然“我”并非一个可以触摸得到的实体，就能够跳脱时空的制约而存在，因此我不禁要赞叹贤治这清明澄澈的觉观智慧。不知为何，这样的思维令我想起森鸥外的《寒山拾得》，我想象，若世人追问寒山和拾得什么是“我”，而他俩也愿意回答的话，是不是也会这样形容。

打破现在的具象存在框架的这种四维空间思想底流于贤治文学，正由于这样的澄明，作品才可以穿越时空，在他离世后阅读贤治文学受到感动的人越来越多。

贤治似乎预知了这样的演变，因为他在一九二四年一月二十日完成“序”之后，很开心地念给弟弟清六听，同时还说：“我对这篇序有相当的自信，就算日后让识者读到也不会难为情。”

四维空间

正如在《宫泽贤治关键语汇小辞典》说明的，“四维空间”就是在三维空间立体空间加入时间这个要素。当现在的可视的立体空间加入时间以后，时与空，时与时，空与空之间变得可以自由来去，使得贤治作品中的时间是从没有源头的过去延伸到无尽的未来，空间则超越地球宇宙浩瀚无边。

除了从《春天与阿修罗》的“所有这些命题 作为心象或时间本身的性质 都在第四次延长之中被主张”可以直接看见之外，从《真空溶媒》《小岩井农场》《过去情炎》《从未来圈来的影子》等等多数诗作也都可以明显看出来。

心象素描

心象素描一言以蔽之就是一种“真”的艺术手法。

但是其“真”与写实主义的“真”又不全然相同，是融合了科学的、精确的、直观的、如实的、感情的真，将映现于心之诸象以这样的手法呈现出来。我喜欢这样的毫无虚伪。

大自然描写

我无法想象贤治若是成长在大都会的水泥丛林，他的创作会是什么风景。

贤治诗即使已经问世数十年近百年，但是岩手县的山林、原野、河川、辽阔美丽的大自然，依旧或绿意盎然或白雪皑皑鲜活地存在于贤治诗里。

他的描写可以细腻到例如像“美丽的露 还将颓萎了的西南卫矛小树 染成 从红色到温柔的月光色 奢华的纺织品”(《过去情炎》)这样，来留住露滴的美，留住小树那随着时间流动或各种角度的折射而映现的不同层次的色彩变化，贤治看出太阳和月亮是大自然最佳灯光师，透过收摄纳容一切景象的露滴看见在小树上打出的千变万化的奢华灯光效果，用诗句把这样的动态、这样的美留住，让我们可以一再重播这些记录了自然之美的影片。

而大视野的风景则例如“当云蜷缩　闪耀地发光的时候　若能戴上大帽子　大方地走在原野 我其他什么都不需要 火药和磷和大张纸钞都不想要”(《火药与纸钞》)。如此直白地声明，只要拥有故乡美丽的大自然，任何威权任何财富都不想要了。他寄托在诗中对家乡景色与风土的热爱与礼赞，让伊哈托布的大自然升华为一幅幅美丽的图画、一部部动人的纪录片，永不褪色、永不毁朽。

伸缩自如的视点

青木新门所著《纳棺夫日记》(二〇〇九年奥斯卡最佳外语片电影《送行者》的原创素材作品)里提及宫泽贤治，他写道：“宫泽贤治特别了不起的地方是他的视线。当我们以为贤治的视线追逐着微生物世界时，下一瞬间却移动到太阳系、银河系乃至全宇宙，而刹那间，他的视线又转移到了基本粒子世界。”

而且那双眼睛就像变焦镜头一样，拥有从极小到极大随意调整的机能。

例如贤治诗《蠕虫舞者》，有一说是对于水洼里蠕动的孑孓的观察，诗人对那么小的生物有那么丰富的想象与生动的比喻，而对于高挂天际的月亮也写下《月天子》来描述对月亮的想象与敬慕，所观察描写的焦点小至孑孓，大至一望无垠的原野、高山乃至无边无际的星空宇宙，近自自我，远至无穷的彼方，更何况是贯穿于作品的四维空间思想，使得贤治诗的焦点在各个时空都能自在切换。

敏锐的感受力

贤治诗中展现出敏锐无比的感受力随处可见，例如《高级的雾》里诗人写道“这未免是太明亮的高级的雾　过于耀眼　耀眼到　甚至连空气都有点痛”。

此诗作于六月二十七日，描写初夏充满阳光的田园风物，而耀眼到连空气都有点痛，如此敏锐的感受力真是一绝。

天马行空的想象力

我们都知道形成贤治童话的前提之一就是天马行空的想象力，贤治诗之中也有想象力丰富的，例如《真空溶媒》在变幻多端的情景之中又穿插故事，使得整首诗读来奇幻无比，而我认为最能读出诗人天马行空的想象力的典型作品就是《关于山的黎明之童话风构想》一诗。

诗人使用许多令人垂涎欲滴的食物来比喻“点心之塔”（山）上的景物，还用“天上的…… 餐桌”“盛餐”总括之，不仅是色彩鲜艳动人，美不胜收，还有一种空灵的美感。

另外，例如《春天与阿修罗》里的“玉髓之云”是利用玉髓的颜色来形容云；《白菜田》里的“河川…… 释放着尖针水流”是利用一根一根的针那银闪闪的光芒来呈现河流的波光粼粼；文语诗《流冰》里的“和着天青石之水”也不是河流里面有天青石，而是意味着混杂了像天青石那种深蓝色的河水。凡此种种，诗人在被修饰语的前面都未加上“就像是……”“好像……”，而是直接大胆地以实体物来呈现他的心象风景，这除了像在考验我们的想象力，也带来一种具有震撼魄力的临场感。

悲天悯人的胸怀

悲天悯人的胸怀可能是贤治最吸引人的特质，不少人因为这个要素对他产生好奇而开始阅读他，尤其是在个人主义才是王道的当今，《不输给雨》让人眼睛一亮。慈悲与利他我们也有，只是有时忘了苏醒，因此当我们知道有一个“木偶”誓愿永怀这样的温暖与毅力，就像见到了熟悉又陌生的老友。

除了贤治诗知名度排行榜第一名经典级的《不输给雨》之外，还有从《不要再工作了》和《会下的雨就是会下》可读出毫无杂质的纯粹利他之心。此外，从《告别》《寄予学生诸君》也可读出他对学生令人动容的真诚的爱与怜惜以及深切的期望与祝福。附带一提，其中《告别》在二〇一五年由日本女子偶像团体桃色幸运草Z主演的青春小说改编电影《幕将升起》(“幕が上がる”)的后半部重要场面被引用而更为人知。

以上是个人浅薄的拙见，最后与读者分享恩师佐藤伸宏教授论及读诗的方法与乐趣的一段话，他说：“去挖掘每一种诗的语言所具备的语感和含意，一边测量其音乐性的效果，一边触探其唤起力与暗示性以追寻语言的律动。在这样的过程之中，诗，就会为我们一点一滴灼然展现它丰富的世界。”

诗是最凝练的文字创作，它不啰唆却可以很深刻。在纷扰的时代，喧闹的尘世，轻松地静下心来细细品味贤治诗，放下所有预设与框架，以心象之镜映现这些心象的素描，相信读者必能与我一样从中获取滋养，并且形构出各自丰富瑰丽的心象世界，让宫泽贤治不再只是《不输给雨》的作者或是慈悲利他的老友，而是只有你懂的好友。

顾锦芬

宫泽贤治关键语汇小辞典

地名 / 人物 / 思想 / 作品相关

中文	日文
说明	

【地名】

岩手县	岩手県（いわてけん）

贤治故乡所在的县。位于日本东北地方，东临太平洋，在日本所有都道府县之中，面积仅次于北海道。人口有七成以上集中在内陆的北上盆地，除了盆地和沿岸以外，多山和丘陵，绿意盎然。

伊哈托布　　　　　　　　　　　　イーハトブ

贤治自创的地名，指的是岩手县，不但将出版的童话集称作《伊哈托布童话》，诗中也有出现。

在童话集《要求多多的料理店》的新书广告宣传单中，他写着："伊哈托布是一个地名。真要追究地点的话，你可以想象那是由大小克劳斯们所耕种的原野，或是与少女爱丽丝所游历的镜子之国相同的世界，迪潘达尔沙漠的遥远东北，伊凡王国的遥远东方。事实上，这样的情景就是实际存在于作者的心象中的梦土：日本岩手县。

"在那里，所有的事情都是可能的。人可以一瞬间飞上冰云，随着大循环风，到北方旅行，也可以和走在红色花瓣下的蚂蚁说话。甚至连罪恶、悲伤，在那里都圣洁且美丽地闪耀着。深邃的森林、风与影、月见草、不可思议的都会、一直绵延到贝林格市的电线杆行列，那真是既奇特又快乐的国土。"

花卷　　　　　　　　　　　　花卷（はなまき）

位于岩手县中西部的市，以贤治的故乡以及花卷温泉而闻名，位于北上盆地，四面环山，拥有广阔的大自然景色。贤治生家位于花卷市丰泽町。

目前有宫泽贤治纪念馆、宫泽贤治童话村、宫泽贤治伊哈托布馆（文学馆）、罗须地人协会建筑物、"不输给雨"诗碑、林风舍等等诸多与贤治相关的地点。

盛冈　　盛岡（もりおか）

岩手县县政府所在地，也是贤治的母校盛冈中学校和盛冈高等农林学校（现今岩手大学农学部）所在都市。贤治从十三岁以后在盛冈居住了十年左右。岩手县的最高峰，位于盛冈西北部的岩手山是贤治喜爱的山。

小岩井农场　　小岩井農場（こいわいのうじょう）

创立于一八九一年，是日本最大的民间综合农场，占地约九百万平方米，位于盛冈市西北方约十二公里，岩手山的南方。

英国海岸　　イギリス海岸（かいがん）

位于 JR 东北本线的花卷车站东边约两公里处的北上川西岸。

贤治将该处命名为英国海岸，是因为枯水期会露出新生代新第三纪鲜新世的泥岩层，有些类似英国的多佛海峡，而且在第三纪末期，此处曾是海岸。

贤治曾带学生校外教学，在那里发现古代动物的足迹，也曾采集到贝类和胡桃的化石。

罗须地人协会　　羅須地人協会

贤治在辞去农校教职之后，利用位于现今花卷市樱町，祖父所建造的别墅作为提升农民生活志业的据点。

有学生问贤治什么是“罗须”，贤治说：“就像把花卷称作花卷一样，没有什么特别的意义。”指导农民种稻，肥料设计，开设农民讲座免费教授科学知识与艺术，交换各自的产品作物，一起欣赏音乐戏剧，只要现役农民皆可入会，不用缴任何费用。

废寝忘食指导农民，以提升农作物收成为己任，若农民按照贤治的指导却因为天候的关系而造成歉收，贤治会登门道歉，外加实质赔偿农民的损失。

五轮峠　　五輪峠

此山位于花卷市南方，高约五百五十六米。

“五轮”原为佛教思想，地水火风空乃万物构成要素，谓五大，此五大法性之德轮圆具足，故称五轮。“峠”是山顶之意，因此“五轮峠”是“五轮山”之意。

由于山顶有“五轮塔”，故称五轮峠。而据说“五轮塔”是在宽永年间，武将大内泽屋敷上野的儿子日向为了供养在一五九〇年发生的葛西大崎一揆战死的父亲而建造。

【人物】

宫泽政次郎　　　　　　　　宮澤政次郎（みやざわまさじろう）

贤治的父亲（一八七四—一九五七）。生前经营当铺、旧衣店等。是虔诚的佛教徒，个性严谨正直。

长年担任民生委员、调停委员，生前调解八百件纷争，获得蓝绶褒章。其调解纠纷的秘诀为“就只是双方都不说话而已，若是想说的通通都说出来就完了，我只是默默地听，什么都不必说”。

亲身照顾病中的贤治等慈父的一面让贤治终身敬爱，但也会适时理智地克制贤治天马行空的点子，与贤治在宗教思想与价值观 方面时而对立，然而这严父的一面由某个角度看来，反而成为贤治努力的契机与动力。

贤治去世以后，他说：“虽然贤治被世间说成是天才什么的，但如果连自己人也那样认为，他的自负傲慢之心不知会飘腾到哪儿。所以我才想至少自己必须当那条能够牵制他的缰绳。”

晚年由净土真宗改为贤治所信仰的日莲宗，成就了对贤治深切的爱。

宫泽敏子　　　　　　　　宮澤（みやざわ）トシ

贤治的大妹（一八九八—一九二二），与贤治仅相差两岁。户籍上的名字为片假名的“トシ”，一般也使用平假名的“とし”或汉字的“敏子”。自日本女子大学校（现今的日本女子大学）毕业后，一九二〇年回母校花卷高等女学校任教，一九二一年九月因病辞职，芳龄二十四岁病逝。

一九一九年由东京返花卷疗养期间，帮兄长整理短歌，誊稿装订成册，参加贤治主办的《法华经》读书会。两人是相知相惜的手足，如同《无声恸哭》中所描写的，贤治是“与你（敏子）拥有相同信仰的　唯一旅伴”，因此敏子的去世对贤治而言是极大的冲击。

宫泽清六　　宮澤清六（みやざわせいろく）

贤治的弟弟（一九〇四—二〇〇一），与贤治相差八岁。兄弟感情很好，在贤治离世后，尽全力为兄长保存整理遗稿，并校订与出版全集等。出版《哥哥的皮箱》（兄のトランク，筑摩书房），追忆兄长生前种种并阐述自己对贤治作品的理解。

【思想】

妙法莲华经　　妙法蓮華経（みょうほうれんげきょう）

释迦牟尼佛晚年的说法，兼具宗教性、哲理性、实践性、文学性，是佛教的重要经典，素有诸经之王之称，宣说究竟圆满的佛境及法界实相。

而贤治深受《法华经·如来寿量品第十六》感动与影响。

在《如来寿量品第十六》中，世尊揭示自己并非今世才成佛，而是久远以前即已成佛，之间皆为方便示现，说明佛的寿命、教化、慈悲、救济之无量与不灭。

另外“众生见劫尽 大火所烧时 我此土安稳 天人常充满”这几句也是贤治深受影响的部分，其意为：由众生看来，娑婆世界是充满苦的现实世界，但是由佛看来，却是天人常充满的净土，此种“现世就是安乐净土”的说法，使贤治从《法华经》得见“将现世转化为净土”的希望与实践方法，得到重大的关键性的思想启发。

《法华经》思想可以说是贤治十八岁以来最主要的宗教思想，以及日后积极行动之所本，更底流于文学作品深层。然而其文学创作的重要动机之一虽是为了创作法华文学，但也自我警戒执笔写作不可是教化，而是纯真地呈现法喜，且其奔放不羁的想象，精致独特的视角，浩瀚华丽的铺陈，使其作品成为不限缩于宗教思想的宣扬范畴，而是开放给读者，唤起读者丰饶多样的心绪与解读的文本。

四维空间　　四次元（よじげん）

第四维空间，或第四次延长，是贤治最重要最核心的宇宙观与思想基础，同时也展现在文学作品上。在以“纵、横、高”来测度立体空间的三维空间基础上，再加上“时间”即成四维空间。

由于一九二二年爱因斯坦访日，引起当时人们对于新的时空观的兴趣，当时日本出版了诸多相关介绍著作，其时四维空间除了是一种科学知识，也与“从三维空间空间解放，超越时空，过去与未来，往返于此生彼生之间”这样的超能力幻想有关。

一般认为贤治的四维空间与爱因斯坦的相对论、闵可夫斯基时空（Minkowski space）、劳仑兹变换（Lorentz transformation）、片山化夫著《化学本论》（日本早期经典的“物理化学”教科书，贤治常置案头，受到很大启发与影响）、生物学的进化论，甚至与佛教思想以及神秘主义世界观等都有关联。

而贤治的文学作品中的空间意识是以时间为轴，灵活地互相融合变动而生成的。例如《春天与阿修罗》序里有一句“从认为是过去的方向”，在四维空间的世界，“过去”并没有消失，而是存在于肉眼看不见的“方向”。

阿修罗 修羅（しゅら）

佛教所谓六道轮回（天，人，阿修罗，畜生，饿鬼，地狱）中的阿修罗道。

贤治终生信奉的《汉和对照 妙法莲华经》之中对“阿修罗”的注释是：“译为非天，非类，不端正……喜好斗争，是常与诸天战斗的恶神。”佛教里的阿修罗常怀妄执，嗔恨，易怒好斗。

而贤治作品中的阿修罗可以说是深刻挫折与苦恼的象征，自认丑陋的真实自我与美好的“真如”（详见下一个项目）之间的差距（或矛盾）所产生的。

真如　　　　　　　　　まこと / 真（まこと）/ 誠（まこと）

前述“阿修罗”所追求的终极境界。

贤治作品中并未使用“真如”，但因若将“まこと”译为“真”，会与“假”的相反词混淆，若译为“诚”则与“伪”的相反词混淆。而贤治所指的“まこと”并非仅仅是“假”或“伪”的相反词。

“まこと”的字源与日本古代文化所意味的“真实且纯粹”，以及佛教的“真实不虚的真言”有关。贤治作品中所意味的“まこと”可说是佛法的真实本质，故借用佛教用语“真如”译之。

【作品相关】

心象素描　　　　　　　　　心象（しんしょう）スケッチ

“心象”与“素描”这两个词汇在字典上有各自的解释说明，但是复合名词“心象素描”则是贤治自创。

他生前出版的《春天与阿修罗》和《要求多多的料理店》皆以“心象素描”定位之。

最直接的定义可由以下两封信得知。

贤治在一九二四年出版了《春天与阿修罗》的次年一九二五年二月写给作家朋友森佐一的信中提到了《春天与阿修罗》的心象素描，他写道 :“这些终究不是诗。只不过是为了准备我今后想完成的某种心理学的工作。而在无法完全专注于正统学习的期间，只要情况允许，一有机会就在各种条件之下先记录下来的，一些粗硬的心象素描。我在那本鲁莽的《春天与阿修罗》主张了该序文的思考，企图完全改变历史与宗教的定位，发表了以那种思想作为基本骨干的生活，痴傻地希望让人看看……出版者为了门面好看，在书背写上诗集二字。但这使我感到惶恐不安，而且觉得羞愧，所以我就用青铜粉涂销那两个字，被涂销那两个字的书有很多本。”

同年十二月在写给岩波茂雄的信中写道：

“……从六七年前开始，我就对于历史及其资料，以及我们所感受到的其他空间等方面感到诡异得不得了。我并未学习那方面，而且往往分心于风或稻子等等，所以我就把那些心情如实地科学地先记载下来，做为之后要学习时的准备……尾山先生把我出版的书称作诗集，但所谓诗，我并不是不懂，只是对于这些严密地依照事实记录下来的东西和以前那些拼拼凑凑的东西被混为一谈感到不满。”

从这两封信可以了解三件事：

1. 贤治为何抗拒“诗集”二字。

2. 贤治对于心象素描谦虚与自负的两样心情。

3. 贤治对于《春天与阿修罗》的独特性与格局拥有相当的自觉。

从“对于……我们所感受到的其他空间等方面感到诡异得不得了”还可以推测“心象”是否也含有“神秘的幻象”之意。

而“素描”其字面虽然给人一种“只是利用空当先行记录下来的素材与想象的初步构图，不是完成图”之感，但贤治在写完甚至出版以后仍再三修改，认为“永久的未完成，这就是完成”。

《春天与阿修罗》　　《春と修羅》

一九二四年自费出版的诗集（按作者的说法是心象素描），这是贤治生前出版的唯一一本诗集。印一千本，关根书店刊行，定价二日圆四十钱。

附带一提，目前尚存的出版本若是保存状态良好，在古书界价值已逾百万日币。

在出版《春天与阿修罗》之后继续写《春天与阿修罗》第二集和第三集，但都没有出版。

《要求多多的料理店》　　《注文の多い料理店》

一九二四年出版的伊哈托布童话集，是生前出版的唯一一本童话集。印一千本，东京光原社出版，定价一日圆六十钱。

宫泽贤治年谱

年份　　　　　　　　　　　　　　　年龄

事件

【幼年时期】

一八九六年（明治二十九年）　　出生

长男。八月二十七日出生于岩手县花卷市丰泽町。宫泽家经营当铺商、旧衣店，为地方望族，父母皆为虔诚的佛教徒。当年有三陆大海啸、陆奥大地震。

一八九八年（明治三十一年）　　二岁

大妹敏子（宫泽トシ）出生。

一九〇一年（明治三十四年）　　五岁

二妹瓯希葛子（宫泽シゲ）出生。

一九〇二年（明治三十五年）　　六岁

东北地方冷夏，导致农作物歉收。

一九〇三年（明治三十六年）　　七岁

花卷川口町立花卷川口寻常高等小学校入学。

一九〇四年（明治三十七年）　　八岁

弟弟宫泽清六出生。

当年暑假有两位小学生溺水，众人彻夜打捞，这事件印在贤治脑海，成为日后创作的素材。

一九〇五年（明治三十八年）　　九岁

贤治小学三年级导师八木英三老师，常讲童话故事给学生听。后来贤治对恩师说自己的思想根基来自老师当年说的童话故事。

一九〇六年（明治三十九年）　　十岁

热衷于采集矿物和制作昆虫标本。

一九〇七（明治四十年）　　　　十一岁

三妹宫泽クニ出生。更加热衷于采集矿物，开始被家人昵称为“石头阿贤”。

一九〇八年（明治四十一年）　　　十二岁

从少年时期开始与贤治父亲所尊敬的虔诚基督徒斋藤宗次郎有来往。

【盛冈中学校时期】

一九〇九年（明治四十二年）　　　十三岁

岩手县立盛冈中学校（现今盛冈第一高等学校）入学。在学成绩中等，国语和作文较优。

一九一四年（大正三年）　　　　十八岁

三月盛冈中学校毕业。父亲认为未来继承家业经商不用继续升学，但贤治的意愿是升学。在获得升学许可之后，发愤努力读书。

九月阅读父亲友人所赠岛地大等编《汉和对照 妙法莲华经》，受到莫大感动，据说读到《如来寿量品第十六》时感动得全身颤抖。

【盛冈高等农林学校时期】

一九一五年（大正四年）　　　十九岁

以第一名入学考成绩进入盛冈高等农林学校（现今岩手大学农学部）就读。

入学口试时对于教授询问为何希望就读的提问，答以："日本的人口越来越多，米粮会缺乏，所以想要学习如何生产很多好米，让国民的生活安定。"

入学后比中学时代用功许多，学业成绩优异，且开始频繁写诗歌与日记。

假日常常爬山采集矿物。

一九一七年（大正六年）　　　　二十一岁

与三位同学创办文艺同人志"*azalea*"，贤治主要投稿诗歌。

一九一八年（大正七年）　　　　二十二岁

三月毕业，四月以研究生身份留校继续做研究与调查。

八月开始写童话，也朗诵给家人听。

十二月得知妹妹在东京住院，陪同母亲前往照顾，开始吃素。

一九一九年（大正八年）　　　　二十三岁

向父亲表达想留在东京制造贩卖人造宝石的意愿，但未获许可。

三月陪同妹妹敏子返回花卷。

一九二〇年（大正九年）　　二十四岁

三月盛冈高等农林学校研究生毕业。

【教师时代】

一九二一年（大正十年）　　二十五岁

一月前往位于东京的日莲宗教团体国柱会，受到国柱会理事高知尾智耀的鼓励，开始积极创作。据说在这期间，一个月写三千张稿纸的童话。

父亲若寄来支票一概退回。

八月接获敏子吐血的消息，拎着装满文学创作原稿的大皮箱紧急返乡。

十二月成为稗贯郡立稗贯农学校（其后更名为花卷农学校）的教师，教授代数、农产制造、作物、化学、英语、土壤、肥料等科目。

开始对音乐产生兴趣。

一九二二年（大正十一年）　　二十六岁

一月收到生前唯一稿费五日圆（刊载在《爱国妇人》的《渡雪》）。开始学习德文与世界语。

十一月二十七日晚上敏子病逝，带给贤治极大冲击。敏子去世那段时间，贤治曾兴起出家的念头。

一九二三年（大正十二年）　　　二十七岁

一月拎着装满文学创作原稿的大皮箱到东京找弟弟清六，请弟弟帮他拿去给东京社的《妇人画报》和月刊绘本《儿童之国》编辑部看，但未获采用。

一九二四年（大正十三年）　　　二十八岁

四月二十日 自费出版心象素描《春天与阿修罗》。

十二月出版 伊哈托布童话《要求多多的料理店》。

一九二六年（大正十五年）　　　三十岁

三月由花卷农学校离职，四月搬到下根子别墅独居。

贤治家改为经营五金行。

八月，诗人草野心平在《诗神》八月号发表文章赞赏贤治道："如果现在日本的诗坛有天才的话，我想说那位荣誉的天才就是宫泽贤治。就算将他和世界一流诗人并排，他绝对一样发出异常的光芒。他的存在带给我力量。"

【罗须地人协会时代】

一九二六年（大正十五年）　　　三十岁

八月创立罗须地人协会。

十二月到东京学习大提琴以及世界语约一个月。

一九二七年（昭和二年）　　　　　三十一岁

一月罗须地人协会开始正式授课。

写了《春天与阿修罗》第二集的序，准备出版，但没有出版。

一九二八年（昭和三年）　　　　　三十二岁

由于过劳与营养不足身体渐渐衰弱。

八月因病返家疗养。

【居家疗养时期】

一九二八年（昭和三年）　　　　　三十二岁

居家疗养。

一九二九年（昭和四年）　　　　　三十三岁

九月渐渐恢复健康，开始创作文语诗直至离世。

一九三〇年（昭和五年）　　　　　三十四岁

二月诗人草野心平在《文艺月刊》大力推荐赞扬《春天与阿修罗》。

【东北碎石工场技师时期】

一九三一年（昭和六年）　　　　　三十五岁

二月成为东北碎石工场技师，负责宣传贩卖用于制作石灰肥料与改良酸性土壤的石灰。认为这个工作对农民有益，所以卖命地四处奔走推销。

九月在出差地东京发高烧病倒，并写下遗书。二十八日返回花卷疗养。

【生命最后几年】

一九三一年（昭和六年）　　　　　三十五岁

十一月三日在手札写下《不输给雨》。

一九三二年（昭和七年）　　　　　三十六岁

晚春，由于坏血病，下颌第一臼齿侧齿龈溃疡，出血不止。

一九三三年（昭和八年）　　　　　三十七岁

九月二十日急性肺炎，但有上门请教肥料设计的农民来访，端坐应答约一小时。当晚委托弟弟宫泽清六出版所写作品。

九月二十一日上午十一点三十分突然高声唱诵《南无妙法莲华经》，病情遽变，吐血，遗言委托父亲印制《妙法莲华经》一千本分送亲友。下午一点三十分往生。

雨ニモマケズ

宫泽贤治

（1896 年 8 月 27 日—1933 年 9 月 21 日）

生于日本岩手县花卷市
日本国民诗人、童话作家、教育家

代表作：
《不要输给风雨》
《春天与阿修罗》
《银河铁道之夜》
《风之又三郎》

谢谢。您选择的是一本果麦图书

诚邀关注“果麦文化”微信公众号

感谢您选择果麦图书，为您推荐相关阅读：

《银河铁道之夜》

［日］宫泽贤治 著
张杰 译

不要输给风雨

产品经理｜曹　曼　　美术编辑｜裴峰南
媒介推广｜俞乐和　　技术编辑｜顾逸飞
特约印制｜刘　淼　　出 品 人｜路金波

图书在版编目（CIP）数据

不要输给风雨 /（日）宫泽贤治著 ；顾锦芬译. -- 天津 ：天津人民出版社，2017.1
ISBN 978-7-201-11178-0

Ⅰ. ①不… Ⅱ. ①宫… ②顾… Ⅲ. ①诗集－日本－现代 Ⅳ. ①I313.25

中国版本图书馆CIP数据核字(2016)第290053号

《不要输给风雨：宫泽贤治诗集》
译　　者:顾锦芬
封面设计:廖　韡
本译稿由城邦文化事业股份有限公司　商周出版事业部授权使用

不要输给风雨
BU YAO SHU GEI FENG YU

出　　版　天津人民出版社
出 版 人　黄　沛
地　　址　天津市和平区西康路35号康岳大厦
邮政编码　300051
邮购电话　022-23332469
网　　址　http://www.tjrmcbs.com
电子信箱　tjrmcbs@126.com

产品经理　曹　曼
责任编辑　张　璐

制版印刷　北京鹏润伟业印刷有限公司
经　　销　新华书店
开　　本　880×1230毫米　1/32
印　　张　9.25
印　　数　1-10,000
字　　数　175千字
版次印次　2017年1月第1版第1次印刷
定　　价　39.00元